向为这套丛书提供详细资料并接受采
访的各位设计师和在现场采访过程中
给予协助的全体人员致以深深的谢意。
　　　　　　　　　　　　——朱锷

Visual Message Books

New Generation Graphic Designer Yamagata Toshio

新世代平面设计家　**山形季央的设计世界**

著者
©
山形季央
Satoh Taku

监修
Creative Director
朱锷
Zhu E

主编
Editor
朱锷
Zhu E

策划
Producer
朱锷
Zhu E
郑晓颖
Zheng Xiaoying

责任编辑
Editor-in-Charge
姚震西
Yao Zhenxi
白桦
Bai Hua

制作设计
Composition
朱锷设计事务所
ZHU E design studio
Edite
大坪辉夫
渡边工
Graphic Design
山形季央

目录　Index

视觉语言丛书·序

Visual Message Books (视觉语言丛书)是由旅日平面设计家和出版人朱锷先生主编、设计并撰文、全面性、系统化介绍日本设计师和设计动向的丛书。令人赞叹的是他花费了几年的时间、亲自走访了几乎每一个设计师、和他们交谈、对他们进行采访、与他们一起整理资料。本丛书几乎包括了战后日本设计史上老、中、青几代设计师中的主要杰出人物、更难能可贵的是每一册作品集中、还收入了这些设计师各自独特的思维、创造过程和制作过程、使丛书具有很高的学术研究价值。

在后现代消解一切的时代里、在消解经典、消解权威的同时、更需要的是冷静的研究、理性的阐释、在这样的时代氛围中把日本几代设计精英完整地、如实地摆到中国的设计师面前、为走向21世纪的设计艺术和设计审美文化的发展提供合理化借鉴、应该是朱锷先生耗费7年时光来构思和筹划这套丛书的基本出发点和意图。

本丛书介绍的设计师都有着彼此不同的理论模式、持有各不相同的见解、各自用自己的作品阐述着各自的设计思想。在一套丛书中如此集中、系统地分析、介绍一个设计大国的设计动向、在世界设计图书出版界里也并不多见。书中详尽的作品点评和制作过程剖析以及图片资料形象地阐明了平面设计的主要原理、相信本丛书定能给大家带来许多启示。

本丛书点评的每一位设计家的作品集均由作品部分和制作过程剖析两部分构成、并都配有设计特点评介。本丛书面对中文读者、但为了专业人员查询资料之需、一部分附有英文对照。

边序边说

朱锷

从一名设计师的角度看，感兴趣的不是一个时代变化的最终结果，而是在不断变化的时间和空间中的人的状态和变化，所以设计师应该清楚真正要给人看的是什么，必须特别明白自己从对象上发现了什么，而后给人提示的是一个什么样的视点，即画面怎么处理、怎么构成，画面要引导观者看什么，对设计师来说，这几乎就是一切，设计师是要带着第三只眼睛看世界的。

设计的"眼"在于如何处理和体现商业行为与艺术行为的关系，艺术行为是要面对藏在自己内心深处的全部情感、避开喧哗。而商业行为很真实，在现实面前，所有的情感都会变得严肃起来，矛盾冲突非常大，设计的所有文章都是在这种关系上做的。

艺术行为要求设计师的是艺术理想，而商业行为要求设计师的则是具有普遍性的生活理想，艺术理想同生活理想之间是冲突的，冲突最终要在设计师手里得到统一。设计师给人提供的不是思想、不是情节、不是故事，提供的是一种人的关系，设计的所有内涵都是从人的关系里升华出来的，还要尽量使形象趋于视觉化，如果做不到视觉化和易于沟通的话，设计就没有意义了。设计根本就是一个独特的世界。在这个世界中，人所使用的语言和我们日常生活中的语言有极其密切的关系，但完全不是同一种语言。

在纯艺术里，无论是现实生活影响到作品还是作品反射了现实生活，都是以不那么直接的方式进行的。而设计则直接被生活局限，它的本质是应时的，所以着重考虑的不是被具体的环境和具体的事物局限的个人精神状态，而是在被具体的环境和具体的事物局限中反映出来的普遍状态。设计师要诉说的不是对事物的精神态度，而是他的选择。

设计创作像盖楼，开始只是有一些想法，一张作品的产生是一个不断具体化的过程，先有一点想法再建立起一个结构，然后一点点地感觉它，不断添砖加瓦，设计行为实际上是一种替人做证明的行为，只有在业主对自己的产品还没有安全感时才会去做的行为，这有点像替被告打官司的律师。

设计艺术发展到今天，已经没有什么闻所未闻的技巧可言，没有什么技巧、手法没有被使用过。同样的技巧、同样的手法，会有很多人在用，关键在于用的方法如何，怎么样去用那些技巧、手法，倒是很重要的。

今天，单纯的画面意象已经无法支撑起一张作品的全部生命，都市中的古玩不一定代表传统特色，都市中的摇滚也不一定代表现代精神，都市文化已呈现出一种多元化的局面，每个人熟悉的都只是都市的一部分，都市里的人越来越走向个性化，都市里的个人也越来越多元化，在每个人心中的都市文化都不一样，各人表现着各自所感受到的那一部分都市。尤其在一个被人文主义包裹着的社会里，当时代当环境发生变化时，明确地知道自己是谁是一件必须做的事，所谓知道自己是谁，其实就是获得自觉，然后以人的能动性精神力量去控制自己的创作走向。日本新世代平面设计师都很注重这种能动性，所以才会看到当今日本设计最前端的一些年轻人的活跃场面。这些人真正让我心动的不是他们的作品，而是他们自觉地偏离经典、偏离权威，从既定价值体系中心离去的行为。当整个社会都对一种权威的、经典的潮流膜拜或服从的时候，当所有的人都说"是"的时候，有一些人勇敢地在说"不"，这就是这些新世代设计师的全部。

梦
山形季央

1982年1月我起程去巴黎，作为资生堂的设计师派驻巴黎。去巴黎对我来说是第一次。我既不会讲法语、欧洲也一次没去过。走在刺骨阴冷的巴黎街上，我略感孤独。但是和街上的印象不同，等待我的是紧张而具有挑战性的工作。在巴黎有个叫SERGE LUTENS的广告设计师，资生堂想使用他创造全球形象。LUTENS先生和资生堂同样对这次会面下了最大赌注。我和他几乎天天在磋商。我们相互间都不懂对方国语言，通过翻译兼总监的女士进行交谈，虽然语言不通，但我很明白他的话。有时语言不通反倒更容易明白。和他是通过感性去交流，去领悟，达到心心相印。

在异国由于受作为形象设计师而闻名世界的LUTENS先生的熏陶，并且通过实际体验，我的价值观有了改变。他所显示出的美是典型美，像炉火纯青般歌舞伎一样地美，这种美深深地印在我的心上。看到他的创作，我感到化妆品广告揭示的美的世界在我心中扩展。而且看到他的谦恭严谨和对美的意识感，我再一次感到创作之美，不断引起共鸣。

当然我们之间也有分歧。那是扎根于各自国家文化的对事物的不同认识。关于这个我可以举个例子说明。比如对樱花树的起名由来，英文叫CHERRY，拉丁语中CHER是"可爱，爱人儿"的意思。法语意思也一样。也就是说以树的整体可爱特点而起的名字，即名字的来源。于此相比较日文中的樱花发音为"SAKURA"。SAKU的汉语是"裂开"的意思。樱花花瓣的尖是裂成2瓣，以花瓣的形状为特点起的名，这是日本樱花名的由来 。西洋和日本不同 ，我和他之间也存在差异。用稍有点粗鲁的说法来讲，西洋人一般是抓住事物整体的印象来捕捉感觉，而日本人则是抓事物的细微部分，从细微中捕捉感觉。日本有这样一句话叫"精寓于细节"。部分和整体又是相互关联的。从这种意义上来讲，不管西洋还是日本，哪边的感觉都重要，应该彼此共存。我想他明白这个道理。既要大胆又要心细，二者缺一不可。生态学和FRACTAL理论和计算机图形也都是互相关联的。回过头来看，世界上的一切事物本来就是未分化的。难道不是这样吗！而且在那样混沌的状态中发现特点、找出特点的工作就叫设计。提取的特点经过时间的流逝有的又回到混沌状态中去，有的作为普遍性东西留下来，大体分为这两种，就是在这样的转折点上存在着美。

人们最初都愿把自己打扮得漂漂亮亮的给别人看，这也是人的原始欲望。化妆原本扎根于如此的文化。我是化妆品公司的设计师，我之所以能继续下去这个工作就是由于我迷恋于美，对美有无穷的兴趣。但是单纯做化妆品广告的美无论如何也会偏离方向。我不想把美的世界理解得太狭隘了。也许是由于追求各种不同的美的原由吧，有时我也不安分守己地做书的设计。曾有一句话"书本身是一场戏"。打开书的套封、封面、扉页、正文的话，就像看一场戏一样。如有可能的话，我想编各种类型的美丽的戏。

什么是美，美也是在变化的。有品位的东西美，但是沾满双手的泥巴和布满皱纹的脸也是一种美。美就在于此。在表现出设计和广告主题的基础上，应超越主题去创造美、去发现美。

我思考美，这是我的乐趣。像忘却时间在流逝地散步、玩耍一样不断在思考美。这是我最大的乐趣，也是我的梦。

WORKS 1980-1999

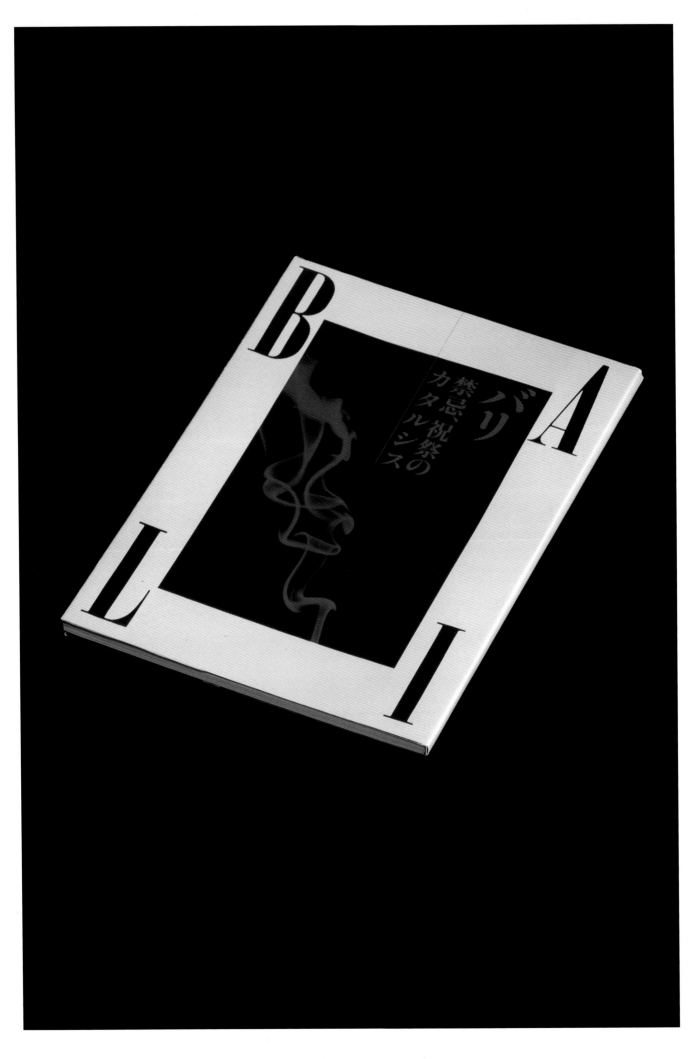

ひとりひとりが例外です。コスメチック イプサ

IPSA

21

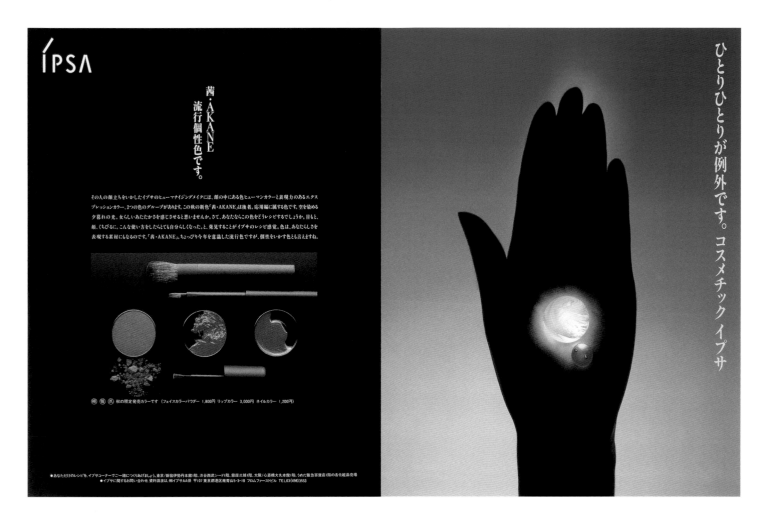

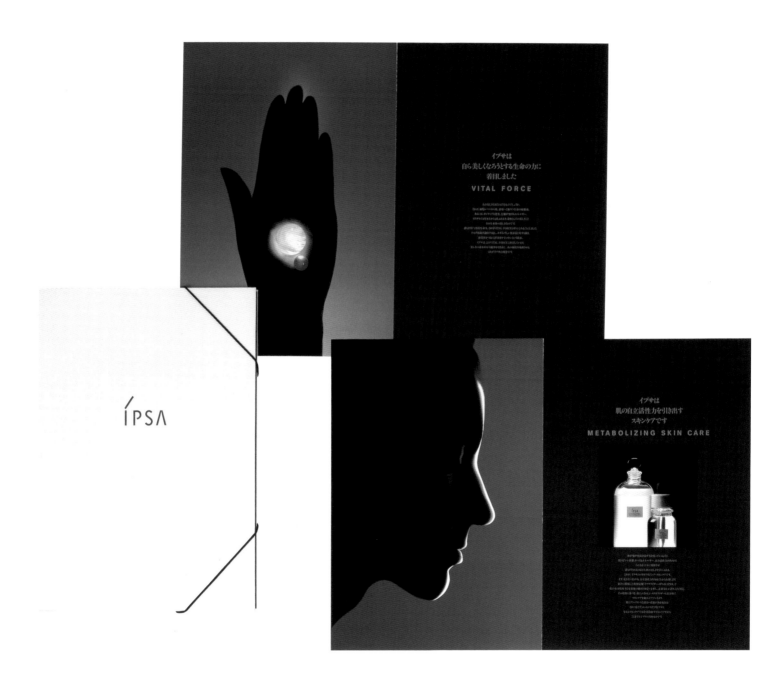

IPSA

CLIFFORD GALLERY
パルコ クリフォードギャラリー

24

SHISEIDO

アルブチン効果の発見

アルブチン効果で、素肌ホワイトニング

WHITESS
ESSENCE

ホワイテス エッセンス（医薬部外品）10,000円 新発売　表示価格は取技希望小売価格

ヒトを彩るサイエンス

SHISEIDO

可能にしたのは、アルブチンです

アルブチン効果で、素肌ホワイトニング

WHITESS
ESSENCE
ホワイテス エッセンス
（医薬部外品）10,000円

表示価格は税抜希望小売価格です

ENGRAVED

WORK OF ERIC GILL

エリック・ギル版画展

神聖なるエロティシズムの世界

EROTIC WORLD

HIS SACRED AND

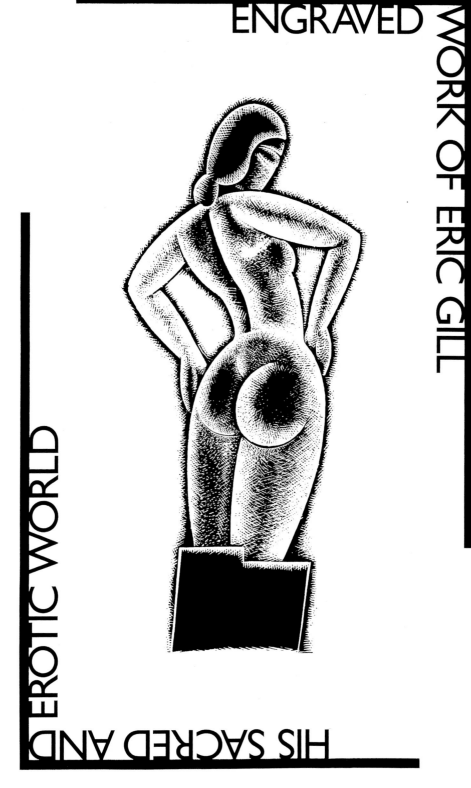

1990年10月18日[木]-11月26日[月]

パルコ クリフォードギャラリー OPEN/10:00A.M.-8:30P.M. 渋谷パルコ パート1 8F/東京都渋谷区宇田川町15-1 〒150 TEL/03-496-1287

MAGNETIC AND MODERN
SPIRIT OF ZEN

ZEN is a form of concentration.

It is a mysterious inner movement. It is an immobile activity.

Magnetism is an unexplainable attraction: a magnetic regard or gesture.

SPIRIT OF ZEN is a perfume that embodies all of these things

— a magnetically modern, dynamic scent.

SPIRIT OF ZEN is something to concentrate on.

0.02mmほどの

肌のしくみとスキンケア ① メラニンという色素

――角質層。この、皮ふの表面にあるほんのわずかな層が、肌のうるおい、透明感、きめの細かさなど、わたしたちの肌の「見た目の美しさ」を決めています。日やけによるシミ、ソバカスの原因となるメラニン色素は、表皮のいちばん下でつくられ、やがて角質層まで押し上げられてきます。そのメラニン色素の生成を抑えるために、資生堂は新しい成分を合成、開発しました。名前は「アルブチン」。新鮮な空気の山岳地帯に育つコケモモの葉などにも含まれている成分です。アルブチン効果の美容液、ホワイテスエッセンスで、肌のくすみ、日やけによるシミ、ソバカスを防いでください。薬用、無香料です。

○ホワイテス エッセンス（医薬部外品）10,000円

新発売

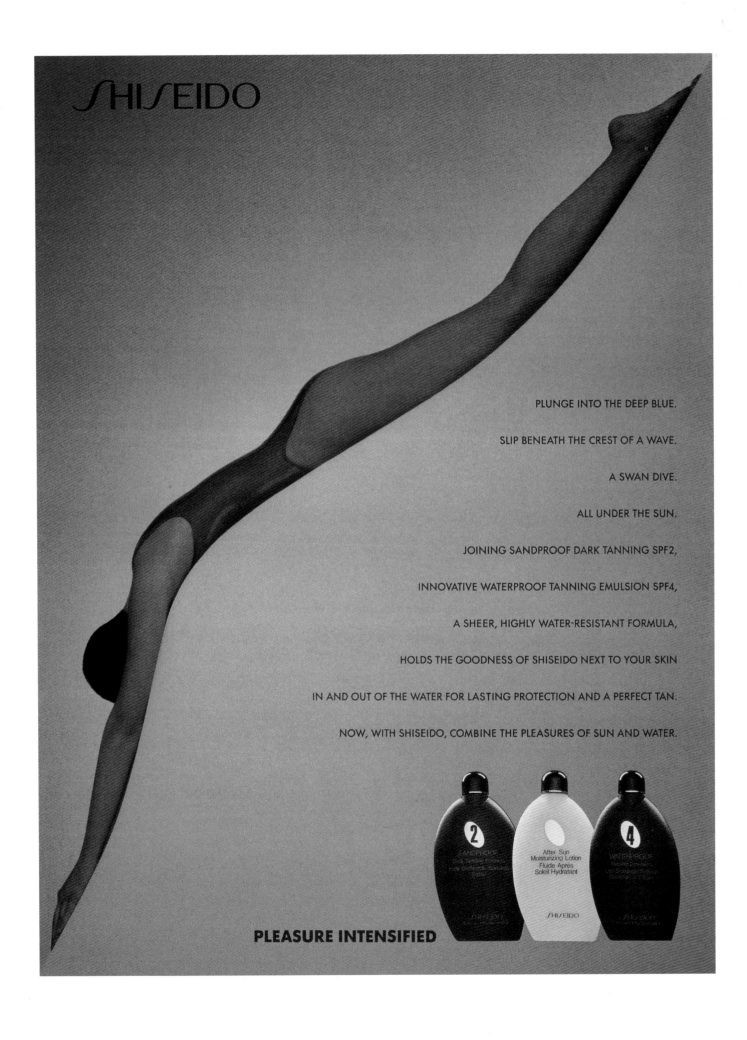

PLUNGE INTO THE DEEP BLUE.

SLIP BENEATH THE CREST OF A WAVE.

A SWAN DIVE.

ALL UNDER THE SUN.

JOINING SANDPROOF DARK TANNING SPF2,

INNOVATIVE WATERPROOF TANNING EMULSION SPF4,

A SHEER, HIGHLY WATER-RESISTANT FORMULA,

HOLDS THE GOODNESS OF SHISEIDO NEXT TO YOUR SKIN

IN AND OUT OF THE WATER FOR LASTING PROTECTION AND A PERFECT TAN.

NOW, WITH SHISEIDO, COMBINE THE PLEASURES OF SUN AND WATER.

PLEASURE INTENSIFIED

SHISEIDO

THE SUN SHOULD BE A BEAUTIFYING,

REVITALIZING EXPERIENCE OF PURE PLEASURE.

THE SHISEIDO HOUSE OF SKIN CARE

OFFERS YOU THE FULFILLMENT OF

THIS EXPERIENCE BY ENSURING THAT

YOUR SKIN RECEIVES

THE MOST EFFECTIVE TREATMENT BENEFITS

BOTH IN AND AFTER THE SUN.

SO YOU CAN RELAX AND

INDULGE YOURSELF, KNOWING THAT

BOTH SHISEIDO AND THE SUN ARE WORKING

FOR YOUR SATISFACTION.

A SUN EXPERIENCE OF SHEER MAGNETISM

肌の輝き、心の輝き。ディシラ

d'icilà

SHISEIDO

SHISEIDO PARFUM

FEMINITE DU BOIS

UN EVENEMENT DANS LE MONDE DU PARFUM

PAR LES SALONS DU PALAIS ROYAL SHISEIDO PARIS

SHISEIDO
moisture active emulsion
émulsion action hydratante
Vital-Perfection
SHISEIDO
moisture active lotion
fluide action hydratante
Vital-Perfection
SHISEIDO
moisture active cream
crème action hydratante
Vital-Perfection
SHISEIDO
VITAL-PERFECTION
MOISTURE ACTIVE LOTION
MOISTURE ACTIVE EMULSION
MOISTURE ACTIVE CREAM
BEAUTY IS VITALITY
The life of your skin comes from moisture within.

VITAL-PERFECTION

CLEANSING FOAM   CLEANSING CREAM

BEAUTY IS PURITY

Cleanse in balance with your skin's natural chemistry.

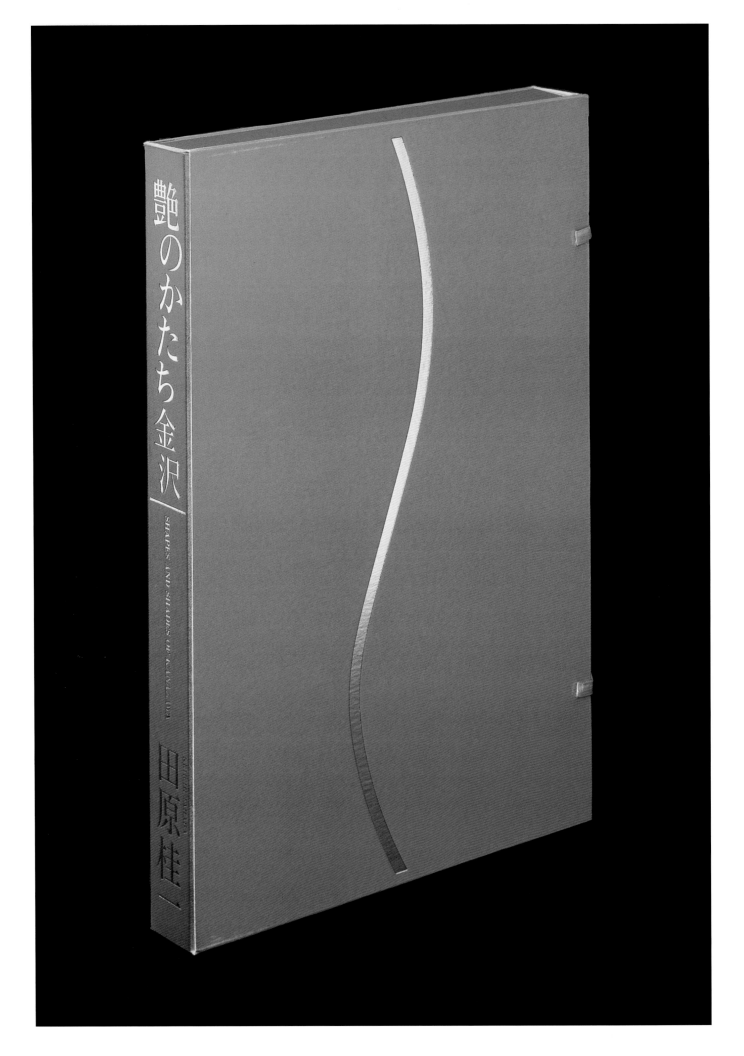

SHISEIDO

SHISEIDO GLOBAL MARKETING CONFERENCE

Art Direction & Design: Toshio Yamagata   Printing: Yagata Printing Co., Ltd.   Printing Director: Kazuo Itakura   Printing Coordinator: Yasuhiro Sonhara   Yakuta Inc.   Photoype: SD Co., Ltd.   Photoype Coordinator: Katsuhisao Kimura

SHISEIDO

SHISEIDO GLOBAL MARKETING CONFERENCE

Art Direction & Design: Yoshio Yamagata   Printing: Waseda Printing Co.,Ltd.   Printing Director: Yuichi Nakao   Printing Coordinator: Toshihiro Sumioni   Masato Ito   Photo-type: GG Co.,Ltd.   Phototype Coordinator: Katsuhisda Ichioro

SHISEIDO

SHISEIDO GLOBAL MARKETING CONFERENCE

Art Direction & Design: Toshio Yamagata Printing: Iwata Printing Co. Ltd. Printing Director: Kazoki Nakao Printing Coordinator: Toshihiro Komuro Blocks: D.I. Prototyper: S.S.S.L. Ltd Prototype Coordinator: Katsuhiko Kimura

SHISEIDO BASALA
FOR MEN

—EMOTION IS MY ONLY MASTER

SHISEIDO
BASALA
FOR MEN
POUR HOMME

EAU DE TOILETTE

SHISEIDO

by SHISEIDO

SHISEIDO

Energy bottled.
Advanced thinking creates unparalleled beauty.

Shiseido Science invented a new way to give more energy to your skin.

Advanced Bio-Performance is enriched with HKC, Shiseido's newest and most powerful energizing ingredient.

HKC works synergistically with the proven Bio-EPO and Bio-Hyaluronic Acid

to create unparalleled skin beauty and vitality.

Advanced Bio-Performance works by teaching skin to look years younger.

To look revitalized. To feel smoother and softer.

Skin is energized. So it thrives.

And looks much more beautiful.

BIO·PERFORMANCE
ADVANCED SUPER REVITALIZER

Energy bottled.

*Advanced thinking
creates
unparalleled beauty.*

BIO-PERFORMANCE
ADVANCED SUPER REVITALIZER

Water

makes beauty possible.
Shiseido reinvents water to work in harmony with your skin.

Purity

makes skin clean and fresh so it
looks clear and feels healthy.

Balance

makes stressed skin smooth and refined
with pure moisture.

Life

is reawakened when skin is treated to Pureness.
Beauty is reborn.

In every drop of Pureness
are water, purity, balance and life.
The elements of beautiful skin.

PURENESS

SHISEIDO

Water　Purity　Balance　Life

In every drop of Pureness
are the elements of beautiful skin.

PURENESS

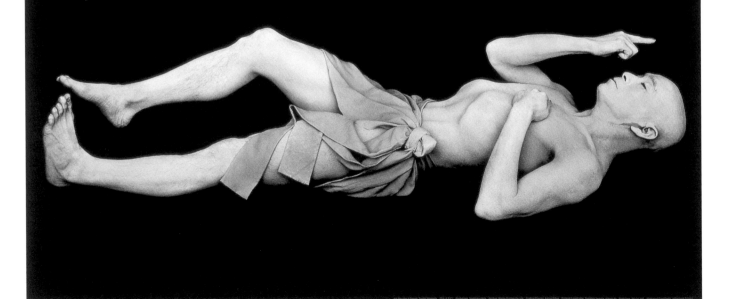

The Darkness Calms Down in Space   Direction Ushio Amagatsu   Sankai Juku

SHIJIMA

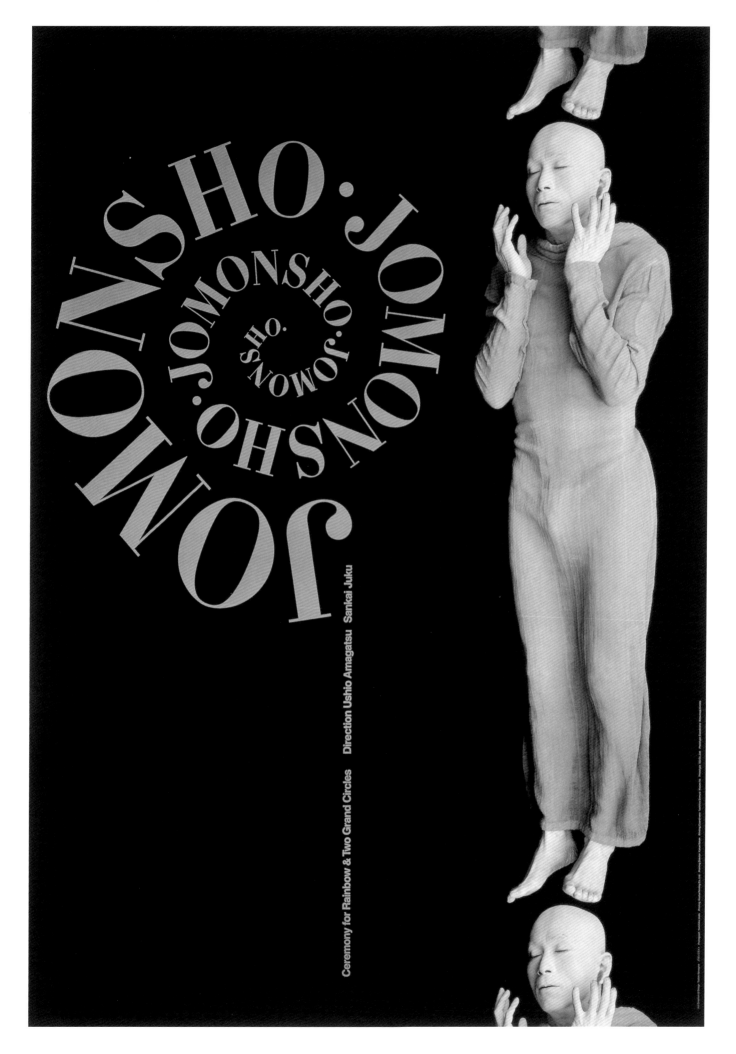

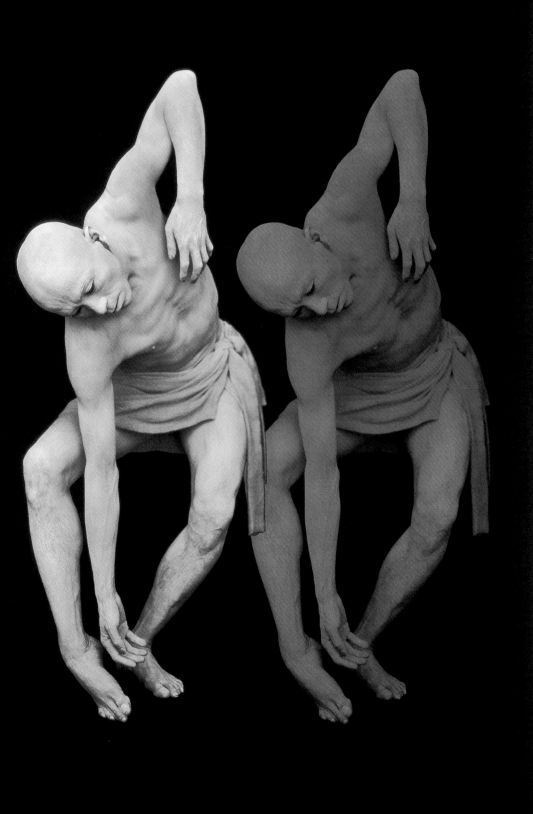

YURAGI

In a Space of Perpetual Motion　Direction Ushio Amagatsu　Sankai Juku

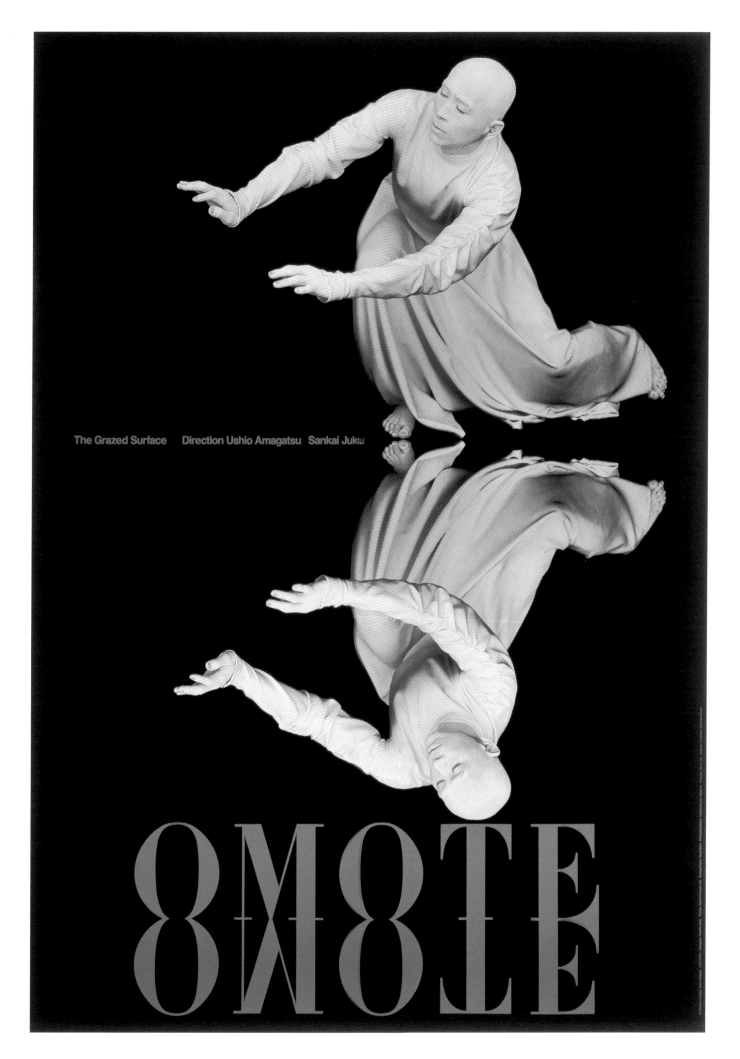

The Grazed Surface   Direction Ushio Amagatsu   Sankai Juku

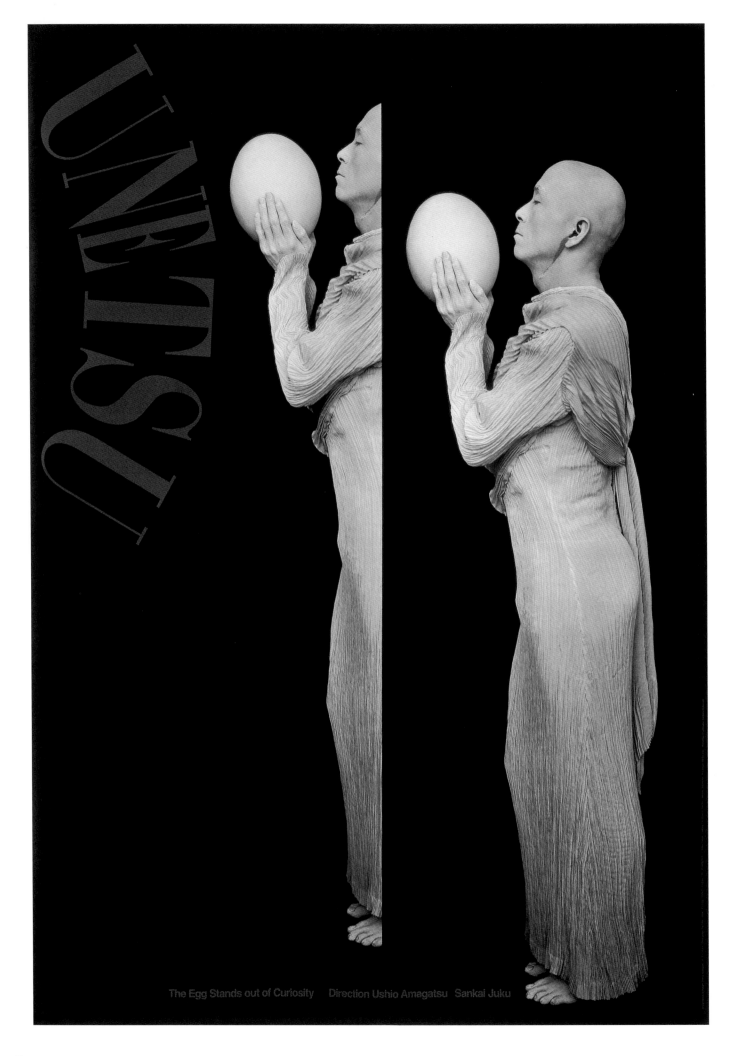

UNETSU

The Egg Stands out of Curiosity   Direction Ushio Amagatsu   Sankai Juku

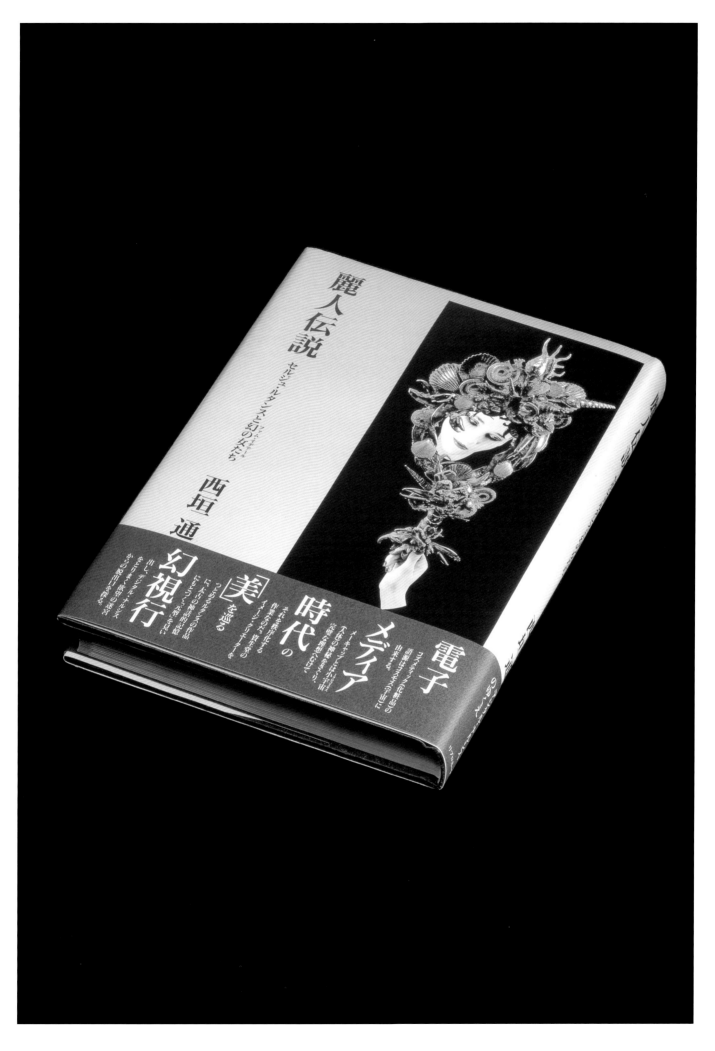

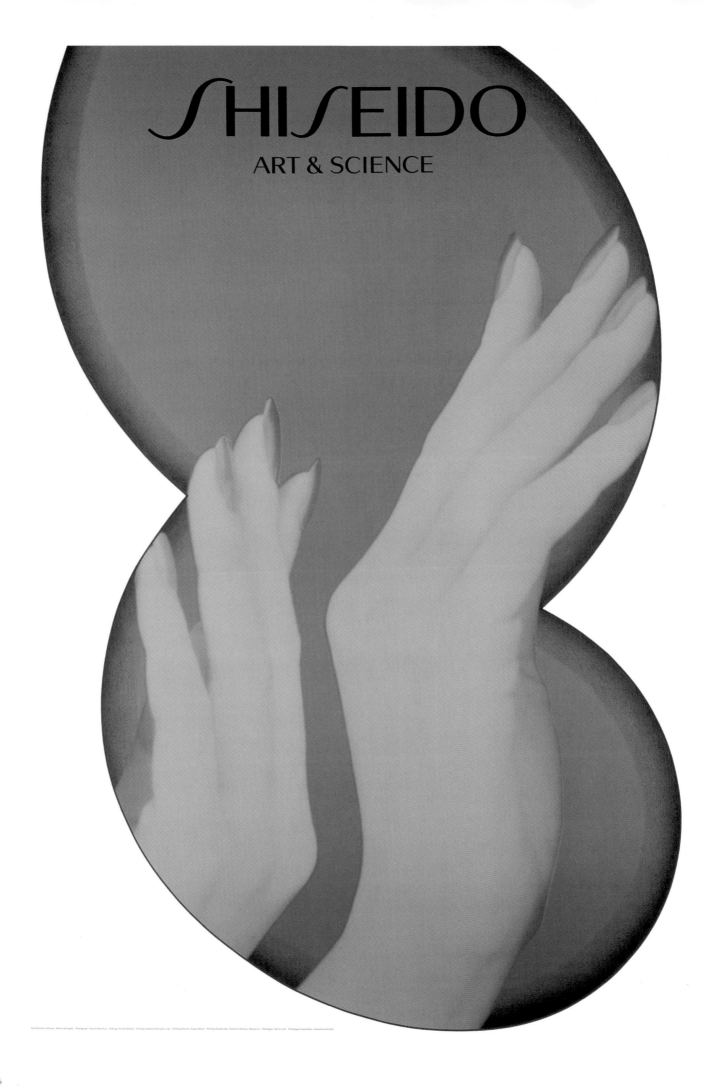

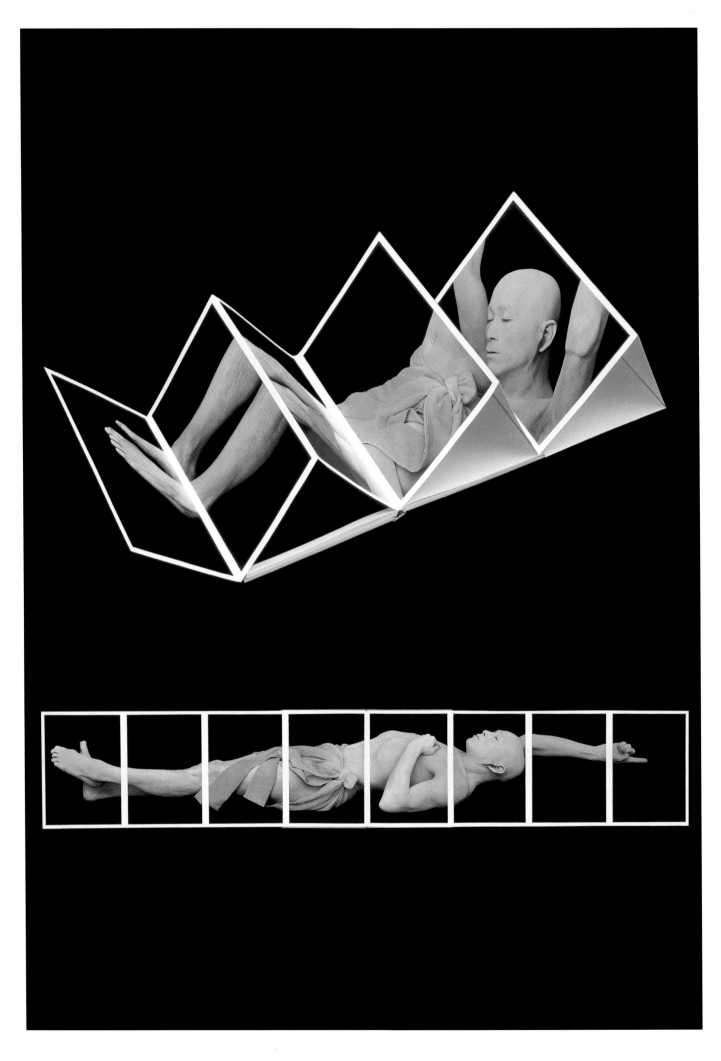

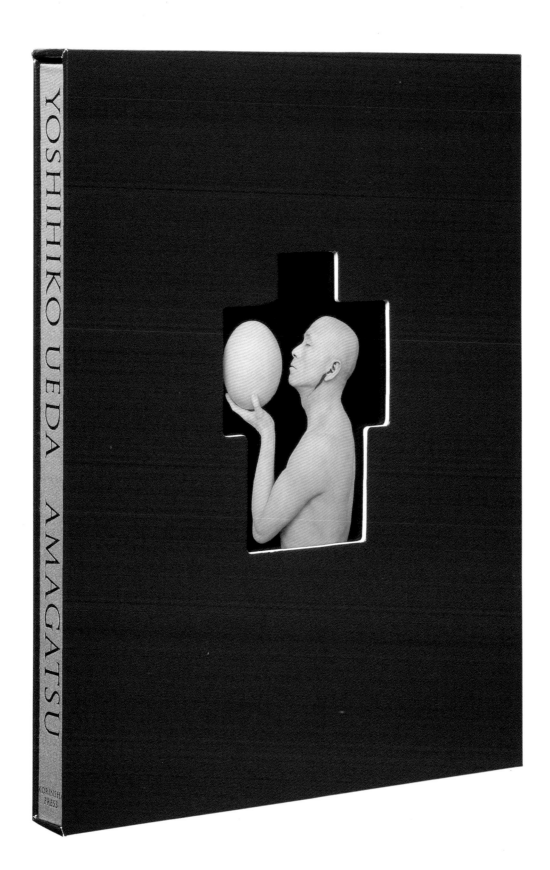

技術の先端にアートがある。SHISEIDO

60

技術の先端にアートがある。 SHISEIDO

SHISEIDO

The cool tan is hot.

A refreshing gel
for a sunless tan.

SHISEIDO

The most sensually satisfying way
to experience a technological breakthrough.

Shiseido Benefiance

SHISEIDO
Benefiance
enriched
balancing softener
lotion adoucissante
enrichie

Imagine how radiant and supple skin could remain
if the dryness that occurs with ageing
could be prevented beneath the skin's surface.
This is the concept behind Shiseido Benefiance skincare.
With exclusive ingredients, such as TRA Revitalizer* and
Bio-Hyaluronic Complex, these unique formulations
provide generous protection against dehydration, oxidation,
and the appearance of fine lines. All the while,
enrobing skin in fulfilling textures and fragrances.
Shiseido Benefiance. Total luxury for the skin.

SHISEIDO
Benefiance
revitalizing
emulsion
émulsion
revitalisante

SHISEIDO
Benefiance
revitalizing cream

*Patent pending cosmetic composition (U.S.A., U.K., Germany, France, Italy, Spain and Japan).

SHISEIDO
Total luxury for the skin.
Shiseido Benefiance
SHISEIDO
Benefiance
enriched
balancing softener
lotion adoucissante
enrichie
SHISEIDO
Benefiance
revitalizing cream
crème revitalisante

山海塾
SANKAI JUKU

1996年6月7日金—16日日
ゆるやかな振動と動きのうちに──ひよめき

1996年6月19日水—23日日
常に揺れている場のなかで──ゆらぎ

前売開始─4月27日土

企画・製作─銀座セゾン劇場

銀座セゾン劇場
〒104 東京都中央区銀座1丁目12-2 チケット予約センター:03-3535-0★★★

DIRECTION USHIO AMAGATSU   IN A SPACE OF PERPETUAL MOTION – YURAGI

SANKAI JUKU

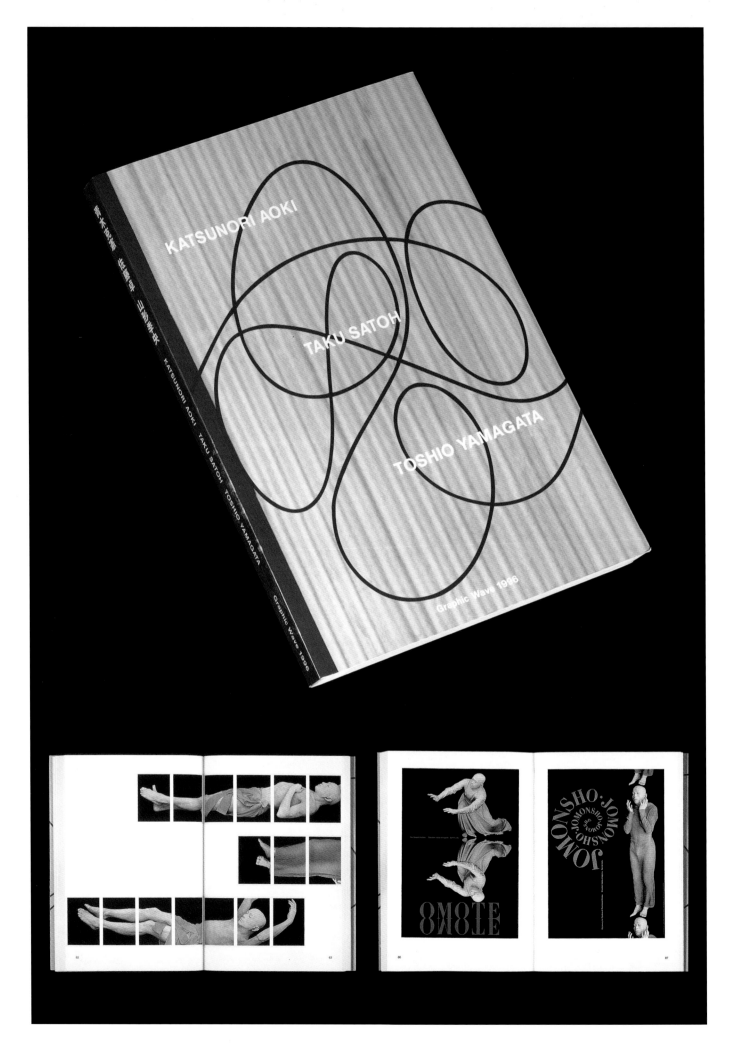

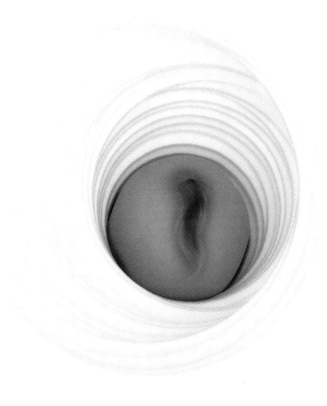

GINZA GRAPHIC GALLERY
〒104 東京都中央区銀座7-7-2 DNP銀座ビル1階
PHONE 03(3571)5206 FAX 03(3289)1389
開館時間 11:00A.M.〜7:00P.M.(土曜日6:00P.M.まで)
休館 日曜・祝祭日 地下鉄銀座駅徒歩5分 入場無料

ギンザ・グラフィック・ギャラリー第126回企画展 Graphic Wave 1996 青木克憲・佐藤卓・山形季央展 会期：1996年11月1日(金)〜26日(火)

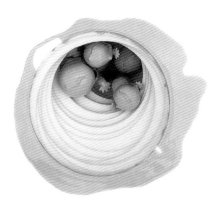

SHISEIDO

だから顔立ちがくっきりした印象になる。シャープな感じになる。
みずみずしくなじんだあと、キュッとひきしまる独特の感触で
肌にハリをあたえ、すっきりしたフェースラインにととのえます。
フェースラインエフェクター。ついに誕生の、新しい美容液です。

LOSTALOT
faceline effector

ロスタロット
フェースライン エフェクター 誕生

カフェイン（ひきしめ成分）配合 55g 5,000円 表示価格は希望小売価格です

＊ 朝、夜のお手入れの最後に、顔全体になじませ、フェースラインをひきあげるようにのばします。

お問い合わせは、資生堂お客さま窓口　フリーダイヤル0120-81-4710へ（9:00～19:00/土・日・祝日除く）

フェースラインを、ひきしめる

P75 鮭＋チューリップ
SALMON AND TULIP
1991

P76 鴨＋百合
DUCK AND LILY
1994

P77 鶉＋葡萄
QUAIL AND GRAPES
1992

P78-9 潤目鰯＋エプロン
SARDINES AND APRON
1994

P81 シャコ＋蘭
MANTIS SHRIMP AND
ORCHIDS
1995

P83 烏賊＋スニーカー
CUTTLEFISH AND
SNEAKER
1993

P85 鯖＋ハンドバッグ＋太刀魚
MACKEREL HANDBAG
AND HAIRTAILS
1992

P86 鴨＋海兵隊
PEACOCK AND SAILOR
1994

P87 蝉空＋ワンピース
CICADA EXOSKELETONS
AND DRESS
1993

P88 人体＋瞳
HUMAN BODY AND
EYES
1991

P89 人体＋馬＋カラー
HUMAN BODY, HORSE
MACKEREL, AND CALLAS
1992

P91 鶏の手＋タキシード
CHICKEN HANDS AND
TUXEDO
1996

P92 鶏＋洋梨＋サックス
CHICKEN, PEAR, AND
SAXOPHONE
1996

P94 鶏＋豚＋菜＋実
CHICKENS, PIGS AND
NUTS
1996

P95 鴨＋たたみ鰯＋ドレス
DUCK, SARDINE PAPER,
AND DRESS
1996

P96-7 鴨＋キビナゴ＋コスモス
DUCK, POND HERRING,
AND COSMOS
1994

P98 蛙＋烏賊
FROGS AND
CUTTLEFISH
1994

P 101 烏賊＋手
CUTTLEFISH AND HAND
1997

P 102 セルフポートレート
SELF-PORTRAIT
1990

P103 セルフポートレイト ＃4
SELF-PORTRAIT #4
1994

P105 赤い鳥
THE RED BIRD
1994

P106-7 赤い帽子
THE RED HAT
1994

P109 赤い椅子
THE RED CHAIR
1994

P111 赤い燕尾服
THE RED
SWALLOW-TAILED COAT
1994

Michiko Kon

Michiko Kon

Michiko Kon

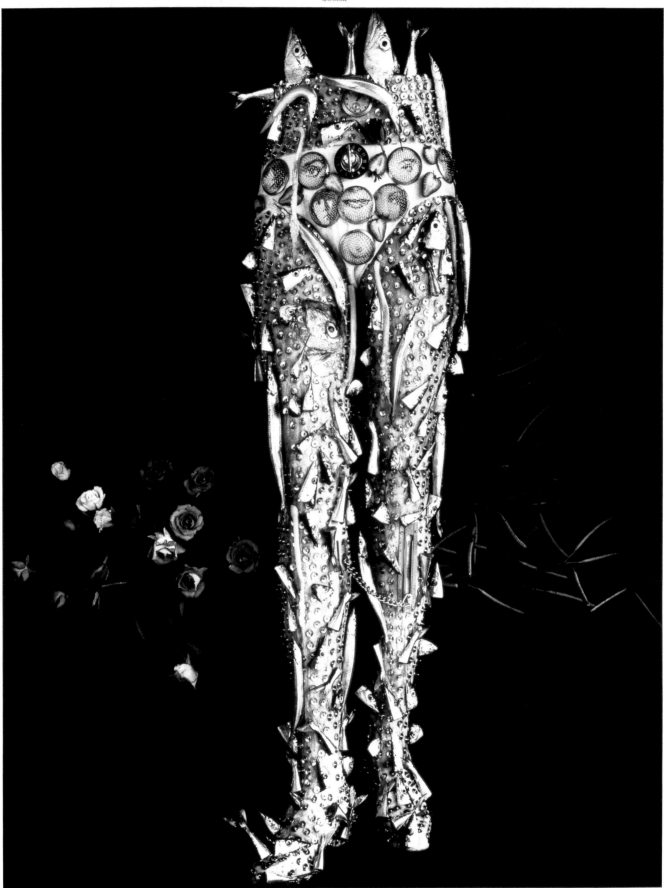

言葉がないとか、声が出ないとか、動かないとかいうような種類の生物、たとえば、梅や金木犀や無花果、ひいらぎなどであった方が、気持ちよく、私は過ごして行けるのではないかと考えたことがありました。　今道子

Michiko Kon

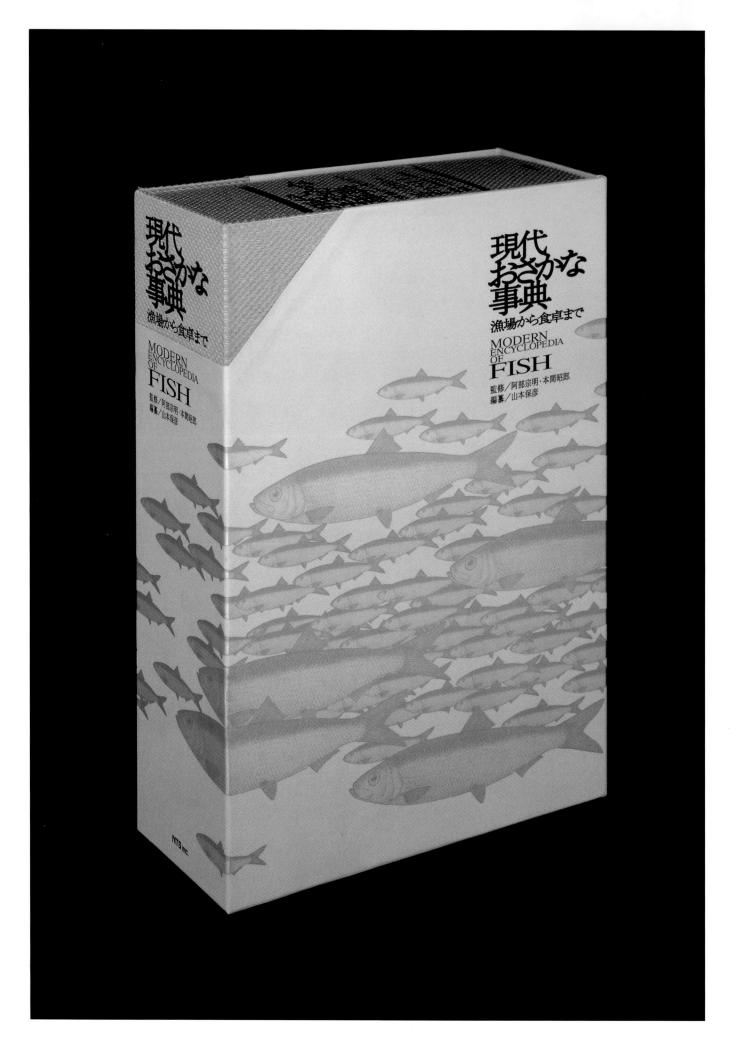

Promenade in Asia 亜細亜散歩

Part 1：1997年1月17日金-2月8日土 CURATOR 費大為 ARTIST 黄永砅・蔡國強

資生堂ギャラリー 11:00-18:30 会期中無休 入場無料
東京都中央区銀座8-8-3 資生堂パーラービル9F〒104 TEL 03-3571-7720

SHISEIDO

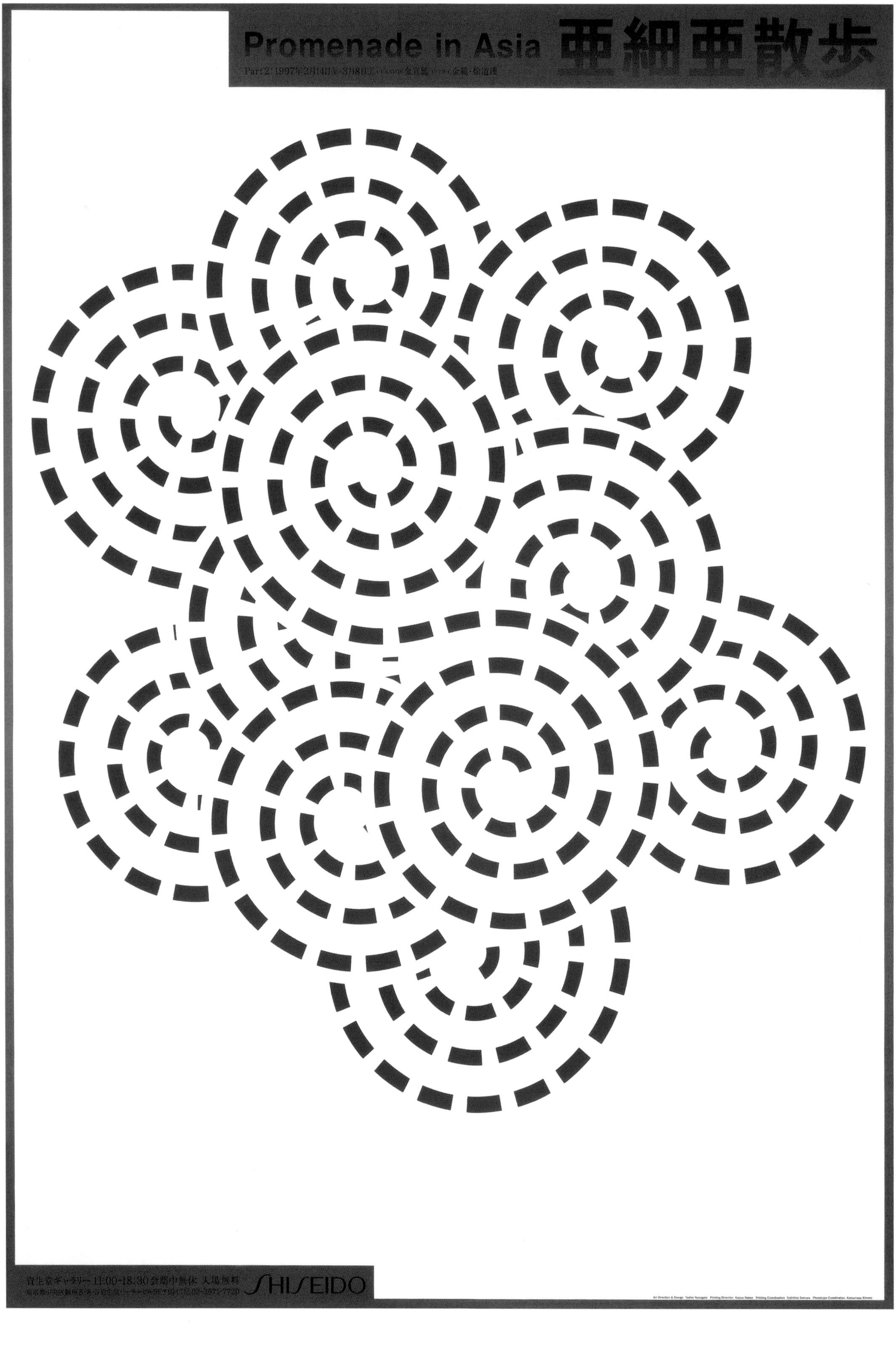
Promenade in Asia
亜細亜散歩
資生堂ギャラリー 11:00-18:30 会期中無休 入場無料
SHISEIDO

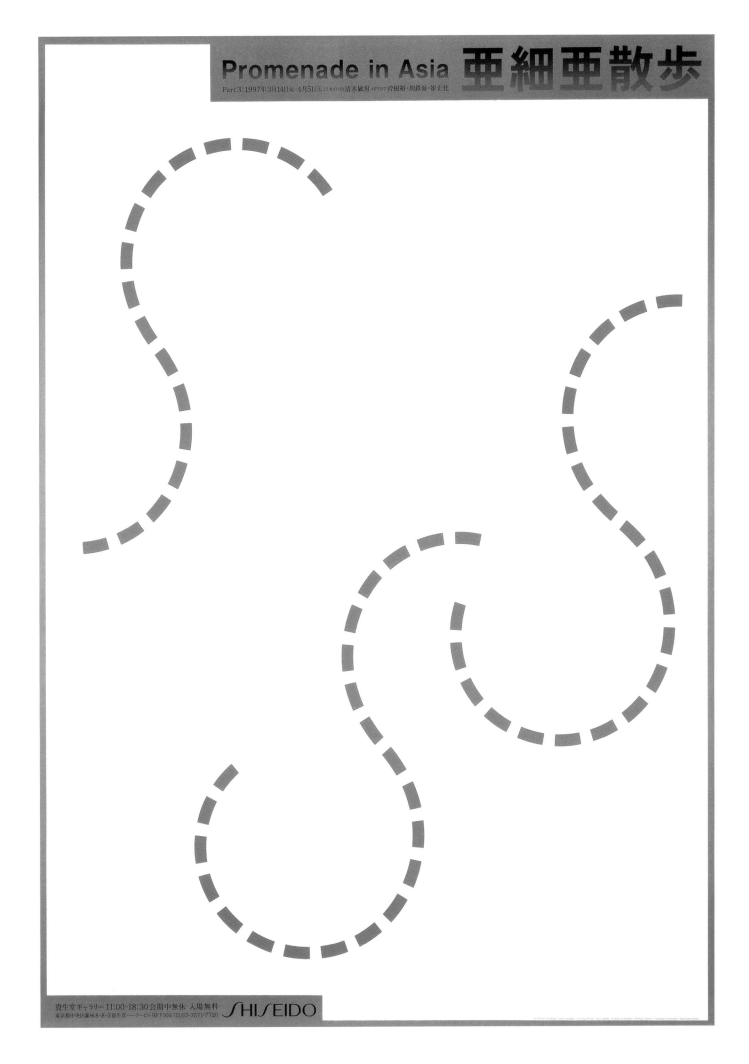

Promenade in Asia 亜細亜散歩
Part3:1997年3月14日金-4月5日土 CURATOR 清水敏男 ARTIST 曽根裕・周鉄海・崔正化

資生堂ギャラリー 11:00-18:30 会期中無休 入場無料
東京都中央区銀座8-8-3資生堂パーラービル9F 〒104 TEL.03-3571-7720
SHISEIDO

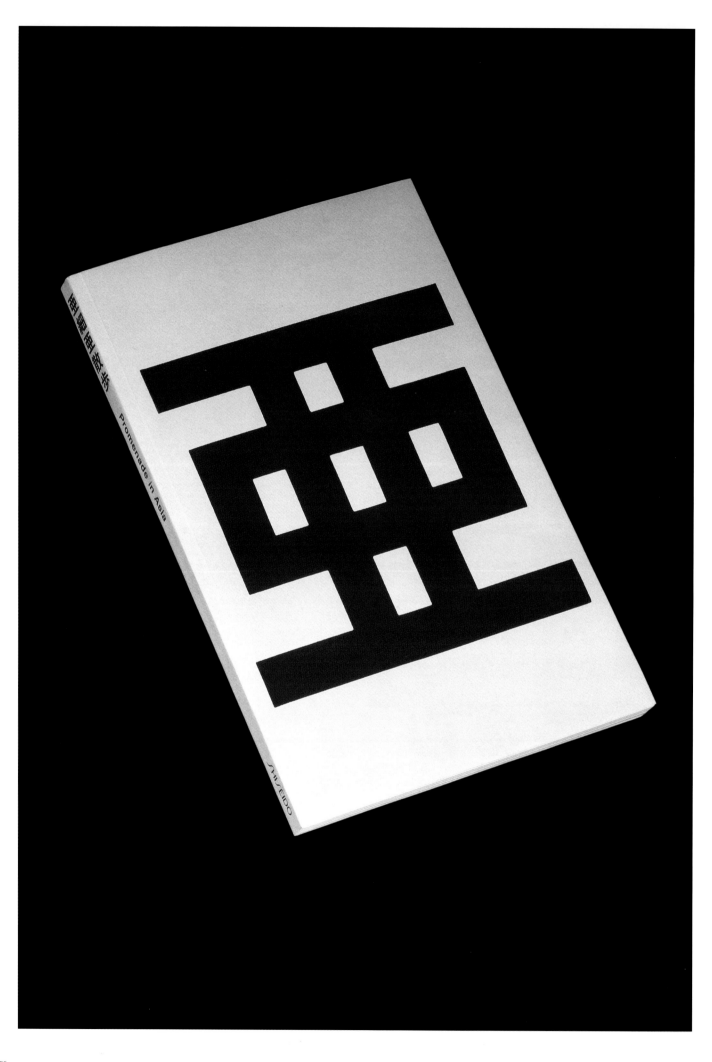

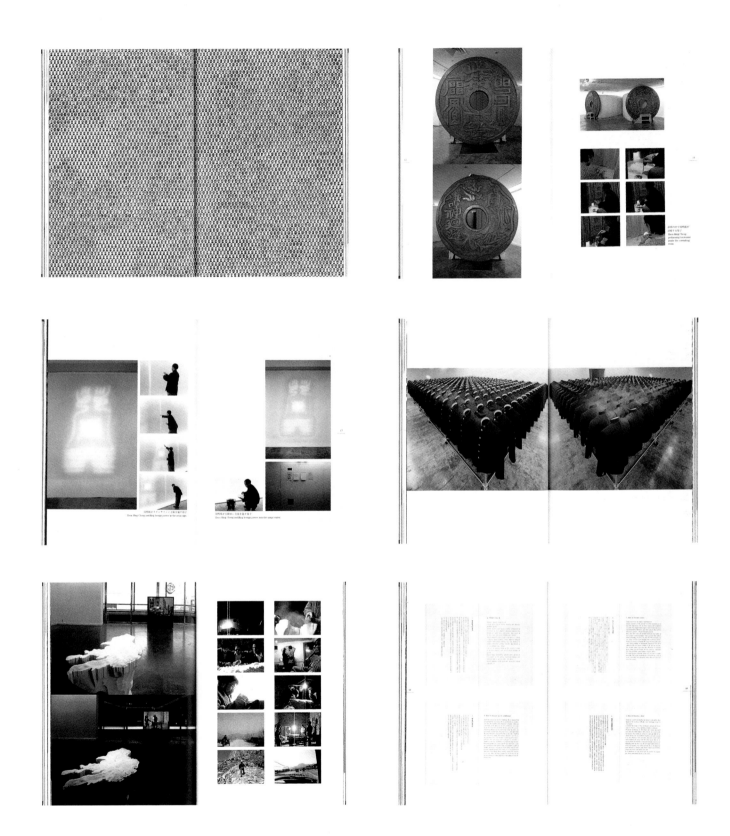

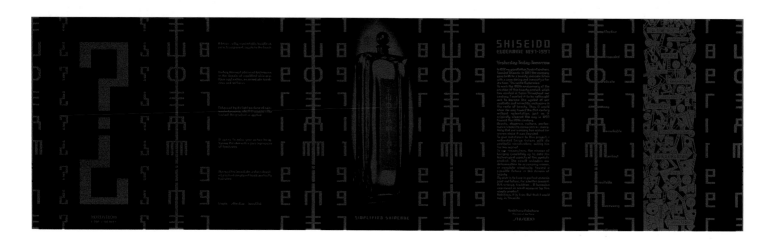

SHISEIDO

EUDERMINE 1897-1997
Eudermine. The symbol of 100 years
of progress at the service of beauty.

SIMPLIFIED SKINCARE

SHISEIDO

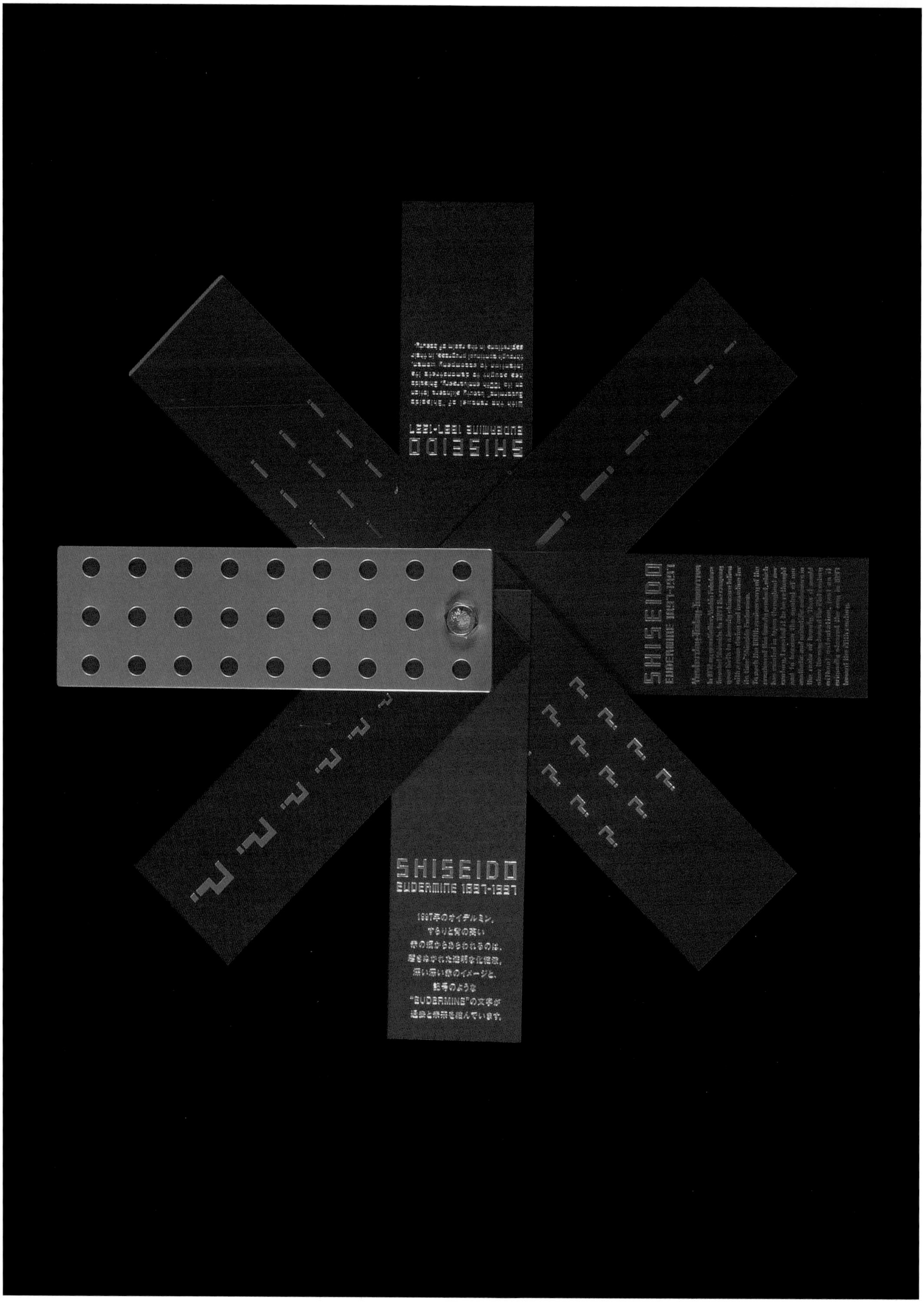
SHISEIDO
EUDERMINE 1897-1997
1997年のオイデルミン。
深い深い赤のイメージと、
“EUDERMINE”の文字が

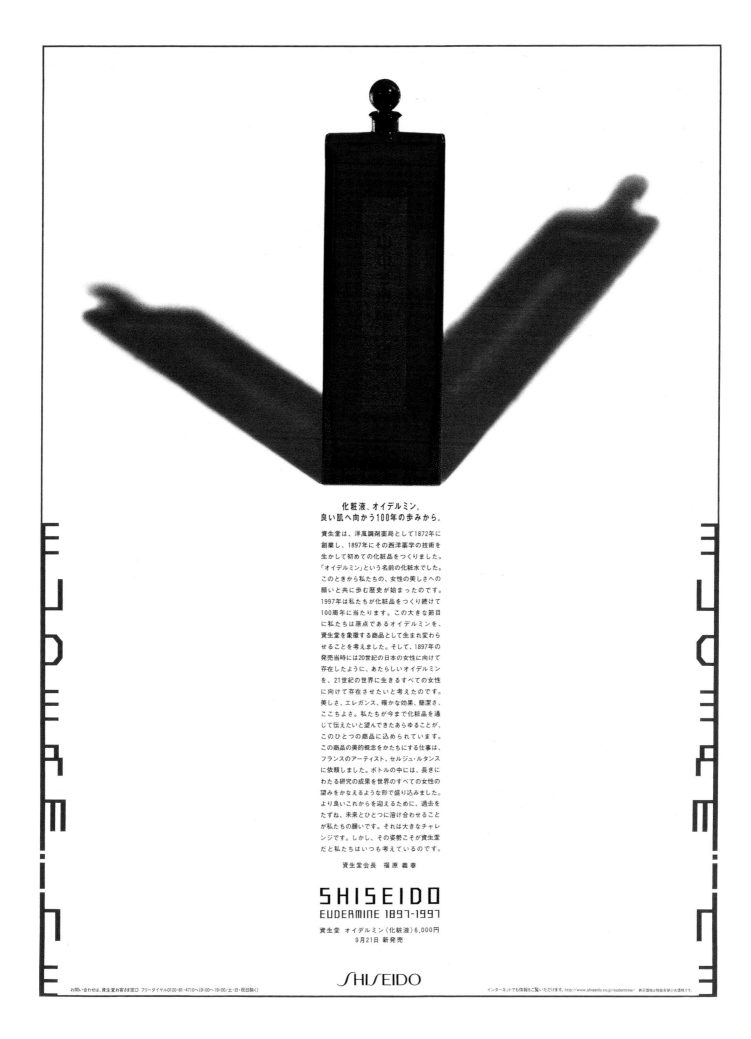

化粧液、オイデルミン。
良い肌へ向かう100年の歩みから。

資生堂は、洋風調剤薬局として1872年に
創業し、1897年にその西洋薬学の技術を
生かして初めての化粧品をつくりました。
「オイデルミン」という名前の化粧水でした。
このときから私たちの、女性の美しさへの
願いと共に歩む歴史が始まったのです。
1997年は私たちが化粧品をつくり続けて
100周年に当たります。この大きな節目
に私たちは原点であるオイデルミンを、
資生堂を象徴する商品として生まれ変わら
せることを考えました。そして、1897年の
発売当時には20世紀の日本の女性に向けて
存在したように、あたらしいオイデルミン
を、21世紀の世界に生きるすべての女性
に向けて存在させたいと考えたのです。
美しさ、エレガンス、確かな効果、簡潔さ、
ここちよさ。私たちが今まで化粧品を通
じて伝えたいと望んできたあらゆることが、
このひとつの商品に込められています。
この商品の美的概念をかたちにする仕事は、
フランスのアーティスト、セルジュ・ルタンス
に依頼しました。ボトルの中には、長きに
わたる研究の成果を世界のすべての女性の
望みをかなえるような形で盛り込みました。
より良いこれからを迎えるために、過去を
たずね、未来とひとつに溶け合わせること
が私たちの願いです。それは大きなチャレ
ンジです。しかし、その姿勢こそが資生堂
だと私たちはいつも考えているのです。

資生堂会長　福原　義春

SHISEIDO
EUDERMINE 1897-1997

資生堂 オイデルミン〈化粧液〉6,000円
9月21日 新発売

SHISEIDO

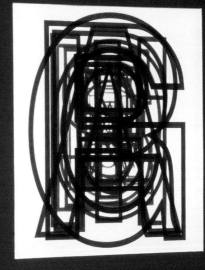

JAGDA年鑑1997　GRAPHIC DESIGN IN JAPAN 1997

JAGDA年鑑1997

六耀社

JAGDA年鑑1997
JAPAN GRAPHIC DESIGNERS ASSOCIATION

SHISEIDO

美しい50歳がふえると、
日本は変わると思う。

女性の肌がみずみずしいのは、女性ホルモンの働きによると
いわれています。だけど、年齢を重ねるにつれて女性ホルモン
の働きが低下すると、肌はうるおいやはりを失ってしまいます。
アクテアハートは、アヤメ科の植物ヒオウギから抽出したうる
おい成分ヒオウギエキスが、女性ホルモンの働きに似ている
ことを発見。スキンケアとして活用することに成功しました。
肌にみずみずしさとはりを長く保ち続ける、初めての効果です。
（ヒオウギエキスは植物抽出成分です。女性ホルモンそのものではありません）

●アクテアハート 全8品 2,500円〜7,000円 新発売
表示価格は、税抜希望小売価格です。

お問い合わせは、資生堂お客さま窓口 フリーダイヤル0120-81-4710へ（9:00〜19:00/土・日・祝日除く）
この商品についての詳しい情報はインターネットでもご案内しています。http://www.shiseido.co.jp/

女性ホルモンの働きに似た、うるおい。アクテアハート誕生

Λctea heart

美しい50歳がふえると、
日本は変わると思う。

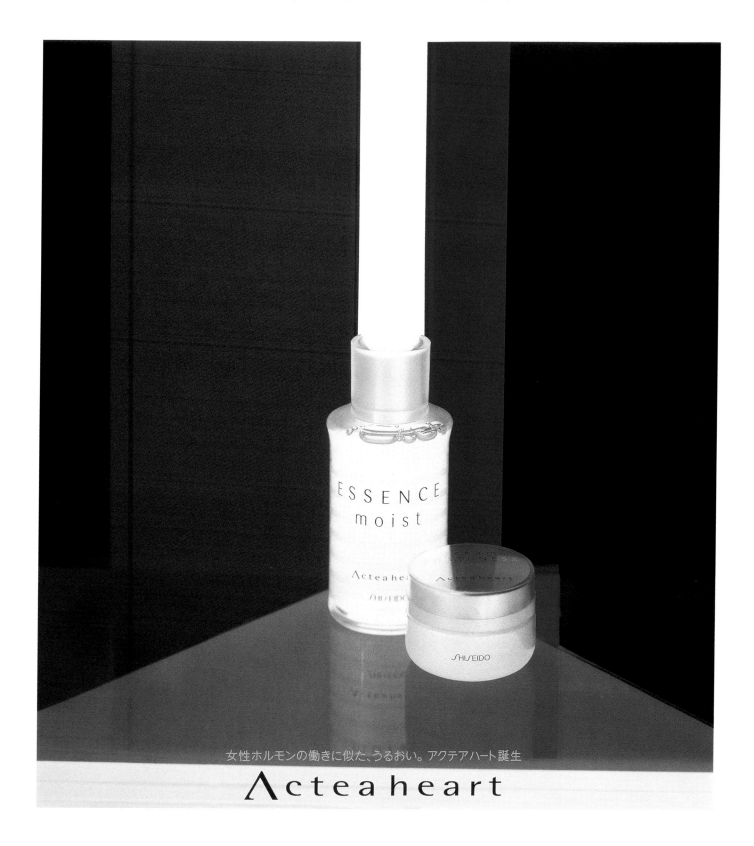

PARIS-TOKYO-PARIS
SHISEIDO 1897-1997 LA BEAUTE

資

万

生

物

du 26 Septembre
au 22 Octobre 1997

MUSEE
DES ARTS
DECORATIFS

palais du louvre, 111 rue de rivoli, paris 1er
du mardi au dimanche de 12h à 18h fermé le lundi

「ミーム」という名の文化遺伝子

「ミーム…?」あまり聞き慣れない言葉だと思いますが、ひとことで言うと「文化遺伝子」のこと。生物における遺伝子のように、文化を創り伝達する働きを持つもの、と資生堂は考えています。

私たち資生堂の「ミーム」が誕生したのは、一八七二年、明治五年のことでした。日本で初めて民間の洋風調剤薬局としてうぶ声を上げ、名は儒教の易経に求め「資生堂」と名づけられました。以後、医薬品を営みの柱とし、一八九七年には最初の洋風薬学処方の化粧水「オイデルミン」を世に送り出します。幕末から明治にかけて、医薬品を頂点とする当時最新のサイエンスは、資生堂の内にかかえる「知のミーム」となっていきます。

その後、資生堂が化粧品に重心を移す道のりでは「美のミーム」が活性化しました。「美」を追求する意志は、化粧品をつくることと同様に、時代の美意識をつくるという自負へと育っていきました。

「知」への欲求と「美」の追求。あるいは、サイエンスとアートへの思い。テクノロジーとビューティーの両立。この関係はそのまま化粧品には欠かせない要素であると同時に、あざなえる二重螺旋の遺伝子のように資生堂の企業文化を創り続ける重要な「ミーム」となっているのです。

資生堂は、十月三日(土)から二十五日(日)まで、「美と知のミーム、資生堂展」を東京六本木オリベホールで開催します。この展覧会は、昨年パリの装飾美術館で開催し、高い評価を得た企業文化展を基本に、新たに化粧の未来像にまで発展させ構成したものです。当時から現代までの化粧品、広告作品、CM映像、花椿誌など、豊富な展示物をたどりながら、一二六年の年月のうちに資生堂の文化遺伝子「ミーム」がどのように進化してきたのか、そして二十一世紀へどのような姿を結ぶのか、そして二十一世紀へどのような姿を結ぶのか、プレゼンテーションしています。

美と知のミーム、資生堂展 創ってきたもの、伝えていくもの　1998年10月3日[土] − 25日[日] オリベホール

開場時間：午前11時 − 午後8時（入場は午後7時30分まで）　入場料：一般 300円　学生 100円（消費税込み・入場料収入は芸術文化振興基金等に寄付いたします）

会場：オリベホール［ラピロス六本木ビル8F］地下鉄日比谷線六本木駅上　東京都港区六本木6-1-24 TEL 03-3403-9400（駐車場はございませんので、お車でのご来場はご遠慮ください）

主催：資生堂　後援：岐阜県、フランス大使館　協力：田村資料館、飛騨高山美術館、防府・毛利博物館、横浜美術館、ソニー、三菱レイヨン

お問い合わせ：資生堂お客さま窓口　フリーダイヤル 0120-81-4710（午前9時一午後7時／土・日・祝日を除く）インターネットホームページ：http://www.shiseido.co.jp/

「ミーム：MEME」とは、文化の情報をもち、模倣を通じて人の脳から脳へ伝達・増殖する仮想の遺伝子。実体のない遺伝子。イギリスの生物学者リチャード・ドーキンス博士が命名。（集英社 imidas1998 より）

美と知のミーム、資生堂展

創ってきたもの、伝えていくもの

BORN IN 1872 SHISEIDO "MEME"

1998年10月3日土 − 25日日 オリベホール ［ラピロス六本木ビル8F 地下鉄 日比谷線六本木駅上］

開場時間：午前11時−午後8時　入場料：一般300円　学生100円（消費税込み）　主催：資生堂　後援：岐阜県、フランス大使館　協力：飛驒高山美術館、防府・毛利博物館、横浜美術館、ソニー、三菱レイヨン

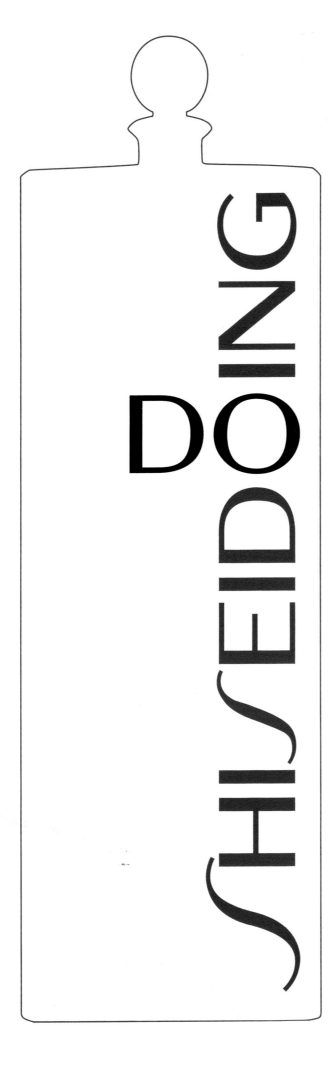

動く。

1998年、資生堂に新たな動きが始まります。
肌を見つめ続けて得た126年の知識と技術を
さらに進化させ、「スキンケアハウス資生堂」
として歩き始めようと考えています。つねに
肌と向きあい、肌を通して人にふれあい、と
もにいい肌をつくりあげる。それは、私たち
が初めてオイデルミンという化粧品をつくっ
た1897年から、脈々と受け継いできた意志。
スキンケアこそ資生堂の原点に他なりません。
肌の健やかさを美しさの基本とし、最新の科
学を化粧品づくりに反映させること。出会っ
た全ての方の肌をいい肌へと後押しすること。
その意志を鮮やかな決意とするため、今年、
「スキンケアハウス資生堂」というテーマを
掲げスタートします。美しい肌へ、私たちは
いつもあなたと一緒です。 SHISEIDO

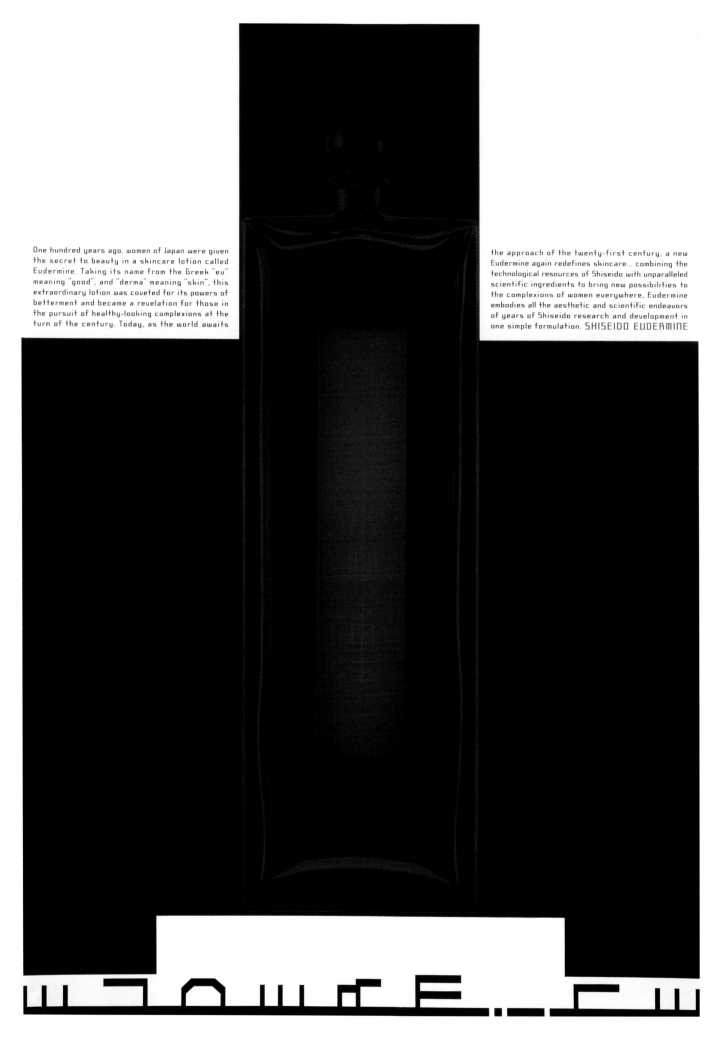

One hundred years ago, women of Japan were given the secret to beauty in a skincare lotion called Eudermine. Taking its name from the Greek "eu" meaning "good", and "derma" meaning "skin", this extraordinary lotion was coveted for its powers of betterment and became a revelation for those in the pursuit of healthy-looking complexions at the turn of the century. Today, as the world awaits the approach of the twenty-first century, a new Eudermine again redefines skincare... combining the technological resources of Shiseido with unparalleled scientific ingredients to bring new possibilities to the complexions of women everywhere, Eudermine embodies all the aesthetic and scientific endeavors of years of Shiseido research and development in one simple formulation. SHISEIDO EUDERMINE

One hundred years ago, women of Japan were given the secret to beauty in a skincare lotion called Eudermine. Taking its name from the Greek "eu" meaning "good", and "derma" meaning "skin", this extraordinary lotion was coveted for its powers of betterment and became a revelation for those in the pursuit of healthy-looking complexions at the turn of the century. Today, as the world awaits the approach of the twenty-first century, a new Eudermine again redefines skincare... combining the technological resources of Shiseido with unparalleled scientific ingredients to bring new possibilities to the complexions of women everywhere. Eudermine embodies all the aesthetic and scientific endeavors of years of Shiseido research and development in one simple formulation. SHISEIDO EUDERMINE

Eudermine combines new ingredients to nurture your skin's daily needs and maintain its moisture balance in all humidity extremes. Developed with a special response mechanism that gives your skin the ability to respond to changes in your environment, Eudermine is the perfect solution for every woman's skincare challenge. Whether faced with

air travel, variations in climate, or other fatiguing conditions, skin remains comfortably moist, beautifully supple. Eudermine is formulated to encourage your skin to perform at its best under any conditions, so it is the right treatment for any destination, any time of year. Eudermine. Nothing makes beauty simpler. SHISEIDO EUDERMINE

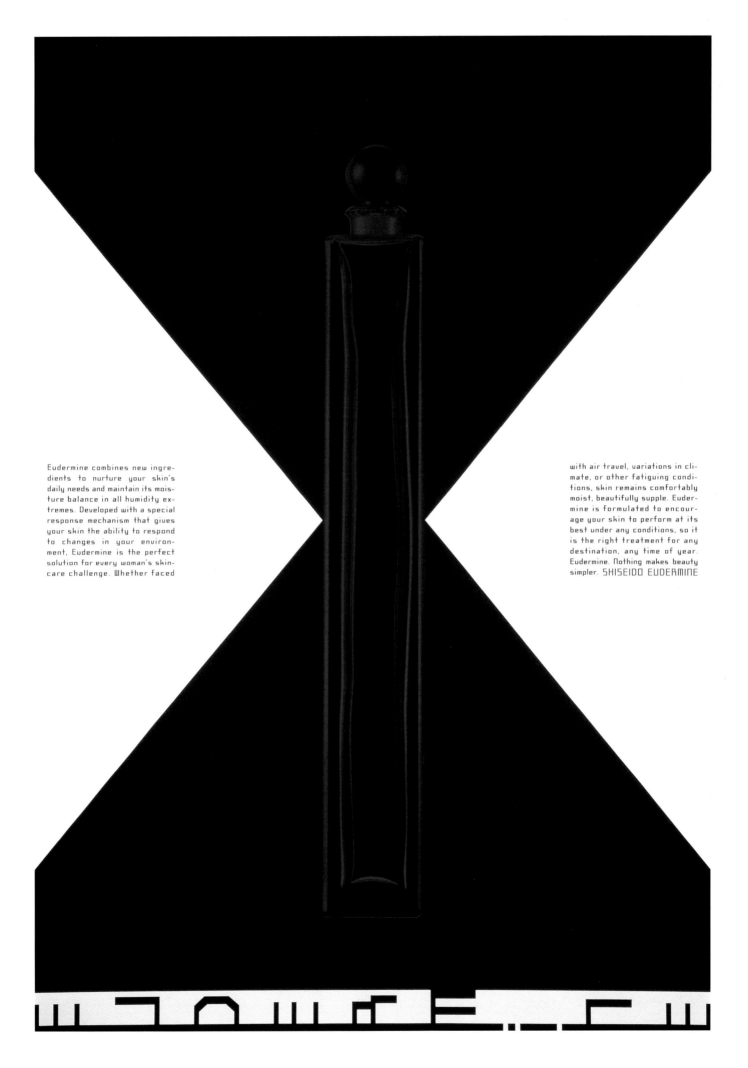

Eudermine combines new ingredients to nurture your skin's daily needs and maintain its moisture balance in all humidity extremes. Developed with a special response mechanism that gives your skin the ability to respond to changes in your environment, Eudermine is the perfect solution for every woman's skincare challenge. Whether faced with air travel, variations in climate, or other fatiguing conditions, skin remains comfortably moist, beautifully supple. Eudermine is formulated to encourage your skin to perform at its best under any conditions, so it is the right treatment for any destination, any time of year. Eudermine. Nothing makes beauty simpler. SHISEIDO EUDERMINE

SHISEIDO

SHISEIDO

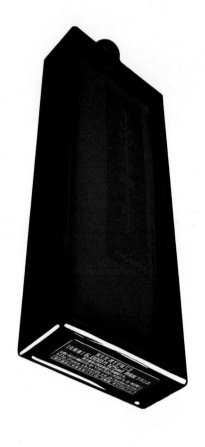

SHISEIDO

SANKAI JUKU : HIBIKI —— RESONANCE FROM FAR AWAY

HIBIKI

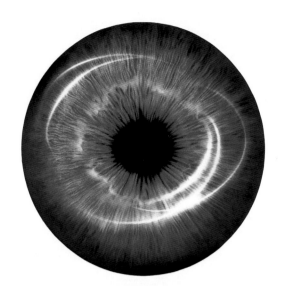

ÍPSA

自分自身が、冒険です

イプサが変わりました。
あなたが望む美しさを実現するために、ひとりひとりの違いを見つめるだけでなく、
あなただけの可能性を見きわめる新しいイプサへ。
さあ、肌のうえで冒険がはじまります。

お問い合わせ 〒107-0052 東京都港区赤坂7-1-16 (株)イプサ PHONE:03-3405-2427 インターネットホームページ http://www.ipsa.co.jp/ 表示価格は税抜希望小売価格です。
ダイレクトオーダーシステム――――お近くにショップがない場合でも、直接お電話でご注文いただけます。詳しくは、フリーダイヤル0120-860523まで。(土日祝日を除く10時～18時)

新スキンケア、美をうみだす冒険

「自分なりの美しい肌」は、ひかえめな目標でした。
新しいイプサのスキンケアは、肌の力を100%発揮させようとするこれまでの考え方から、
あなたが望む理想の肌を実現しようとする、より積極的な新メタボライジングスキンケアに進化しました。
「自分の肌以上の肌」が目標です。

透明感のある新鮮な素肌を保つ効果を、1本にまとめた化粧液。　　しなやかでハリのある素肌へと導く効果を、1本にまとめた化粧液。
●メタボライザー 1～8 125ml 各5,000円 新発売　　　　　　　●メタボライザー EX1～5 125ml・EX6 50g 各7,000円 新発売

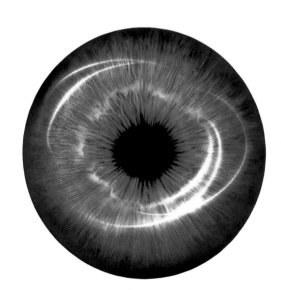

ÍPSA

自分自身が、冒険です

イプサが変わりました。
あなたが望む美しさを実現するために、ひとりひとりの違いを見つめるだけでなく、
あなただけの可能性を見きわめる新しいイプサへ。
さあ、肌のうえで冒険がはじまります。

お問い合わせ 〒107-0052 東京都港区赤坂7-1-16 (株)イプサ PHONE:03-3405-2427 インターネットホームページ http://www.ipsa.co.jp/ 表示価格は現在希望小売価格です。
ダイレクトオーダーシステム――――お近くにショップがない場合でも、直接お電話でご注文いただけます。詳しくは、フリーダイヤル0120-860523まで。(土日祝日を除く10時～18時)

新メイクアップ、美をひきだす冒険

あなたの顔は、ただひとつのものです。しかし、活かし方は多様です。
それらの、きれいになれる才能を開花させることで、美しさは何倍にもなるはずです。
イプサの新ヒューマナイジングメイクアップが、生命感にあふれた顔立ちをつくりだします。

目もと、頬、唇のどこにでも使える多目的なカラープレストパウダー。　美しい発色とトリートメント効果にすぐれたリップカラー。　　乾きの早さ、塗りやすさをきわめた美しい仕上がりのネイルカラー。
●バーサタイル パウダー 51色 各2,000円 新発売　　　　　●リップスティック 36色 各3,000円 新発売　　　　　●ネイルエナメル 25色 各1,500円 新発売

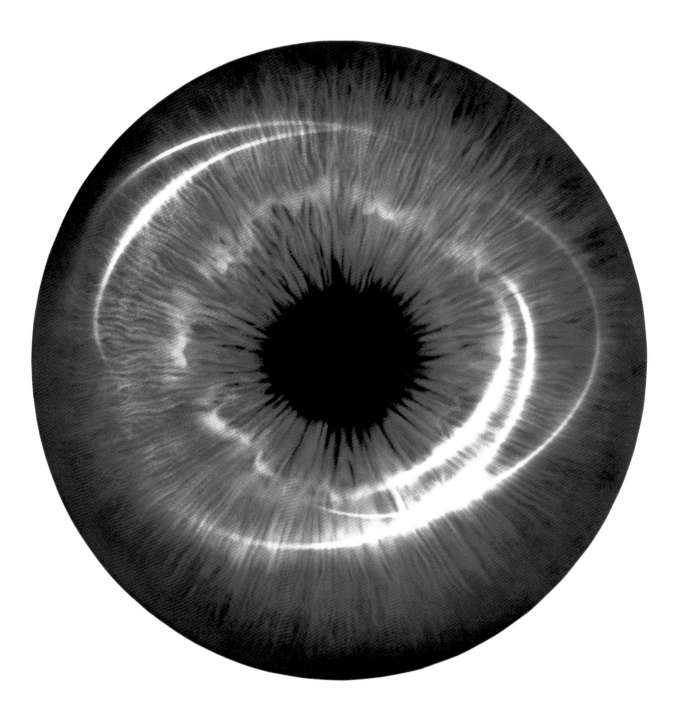

ÍPSA

自分自身が、冒険です

PROCESS OF WORKS

ひとりひとりが例外です。コスメチック イプサ

IPSA

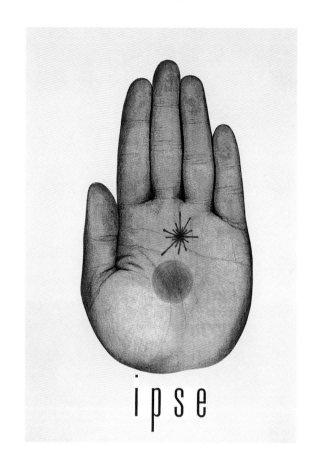

ipse

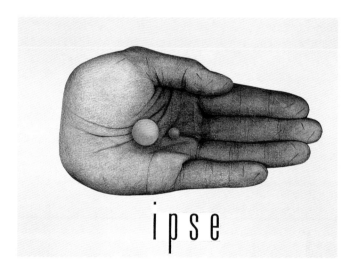

ipse

新名牌化妆品 "IPSA" 的宣传海报

1987年一种称为 "IPSA" 的新化妆品诞生了，这等于是宣告一个新的品牌诞生了，资生堂广告部肩负着要去创造一个新的历史的重任，这就需要有独创性和新鲜感。为了创造一个清新的又有象征性的全新商品广告形象，山形季央在做了多种尝试之后，决定采用手掌的形象来创作，其用意在于 "每个人的手都能创造美"。背景最初是选用禾黄色，但最终还是采用了蓝色。成稿之后山形季央把设计概念和构思寄给巴黎的摄影师弗朗西斯·奇拉考培蒂征求意见，他提出了 "把手拍摄成影子" 的建议，试拍之后发现，果然是这样更能强调手的形象的象征性。合作是在1999年重新制作IPSA的意念广告时，当时用了瞳孔的视觉形象，拍摄的外景地是在巴黎。

高级增白美容护肤品 "WHITESS" 的宣传海报

1989年资生堂推出了一款新型高级女用增白美容护肤品 "WHITESS"，这在当时是一个很轰动的事，宣传部被要求制作一款相应的宣传海报。在这之前，专门为增白霜之类的护肤品制作的宣传海报还没有过，到底要如何表现才是最合适的，尺度完全要山形季央自己来把握。为了避免落入大美人头的惯例俗套，山形季央采用了象征性的创作手法，大面积强调性地使用白色，使画面出现一种白色闪亮的效果。摄影师HIRO，一直住在纽约，他精通各种摄影的表现手法，并且知道如何把女性拍得美丽而且到位。现在通过这张作品，实际说明HIRO先生确实栩栩如生地把山形季央的想法视觉化了。

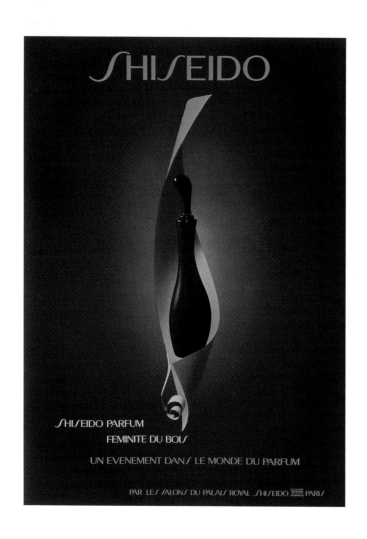

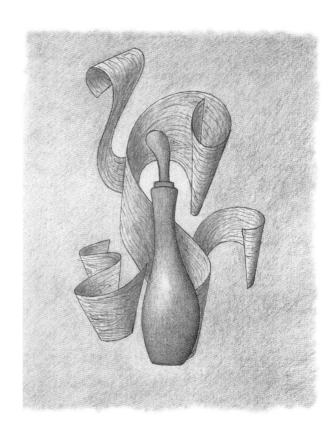

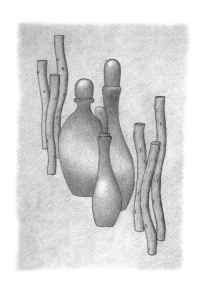

香水 "FEMINITE DU BOIS" 的杂志广告设计

1991年由 "SERGE LU TENS" 配制的、取名 "FEMINITE DU BOIS" 的香水上市发售了。广告视觉设计是和LU TENS合作完成的。FEMINITE DU BOIS一词在法语中的意思是 "像钻进树木中的女性似的"。在香水的世界中树木是男性的象征，但这个品牌是其中加进女性的要素的。山形季央设想的是 "像饰带那样的、女性化的树皮在飞舞的印象" 的创意。后来，山

形季央带着这些素描去了巴黎，与LU TENS先生商量、取得了他的赞同后，和摄影师中村成一合作在巴黎拍了照片。树皮的印象是得到LU TENS先生的帮助，请一个法国的手艺人做的，最终通过合成才制成画面。与LU TENS用这样的形式做作品虽然只有一次，山形季央说印象很深，至今还一直记在心中。

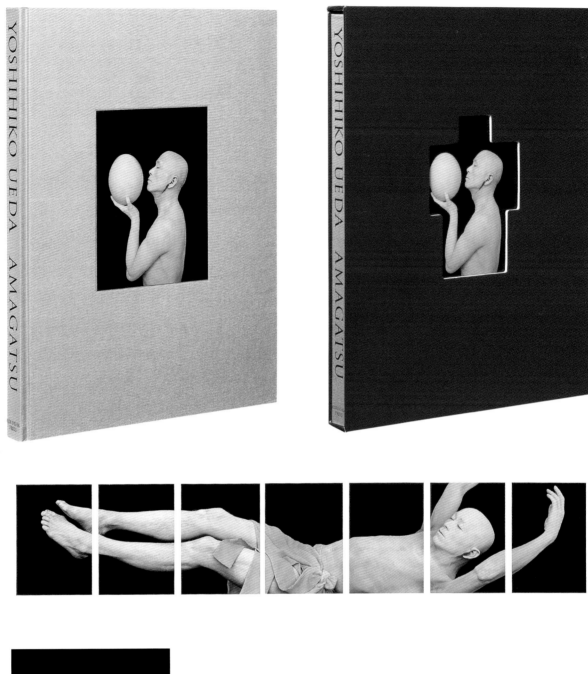

写真集《AMAGATSU》的书籍装帧设计

受山海塾的领导人天儿牛大先生的委托，山形季央担任了这本豪华摄影集的装帧设计工作。山海塾是一家在全世界享有很高评价的现代舞蹈团。主张削减一切多余的舞台布景装饰要素仅靠身体语言表现，用最低限度的装置和照明，由独自的音乐厅构成，造型特别优美。由此山形季央考虑把身体作为主题，创造了一个带有普遍意义的印象。接着又选中了在这个主题上作为最合适的摄影家上田义彦。书籍设计的整体趋势很重要，摄影模特儿就是天儿先生一人，反复地拍摄，很有意思，但相反必须下功夫不让它单调乏味。因此利用一种从中间向左右分开的两扇门的观音开方法来创作组合照片，使整体的流动产生变化。再进一步通过设置多页的观音开就能使身体的尺寸发生变化。思考如何展示照片就是设计摄影集的过程。

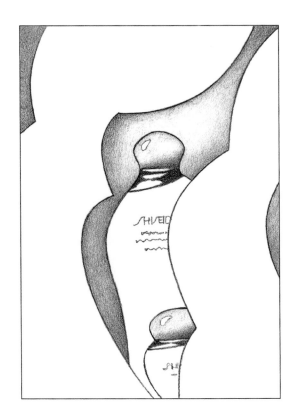

护肤品"BENEFIANCE"的宣传海报

1996年，资生堂开发了一种以润肤为主要目的的高级护肤品"BENEFIANCE"。山形季央把设计的切入点放在了润肤的"润"字上，画面中全用柔润的曲线，造型丰满而圆润，让人直接联想起女性优美的身体曲线。很明显，在这款海报设计中，山形季央有意识地导入日本传统的美意识表现手法，直接从日本江户时代的琳派造型中吸取了营养。用矿物质颜料手工绘制的背景图，略带粗糙的质感，却更有效地衬托出了商品的"温润细腻"的品质。

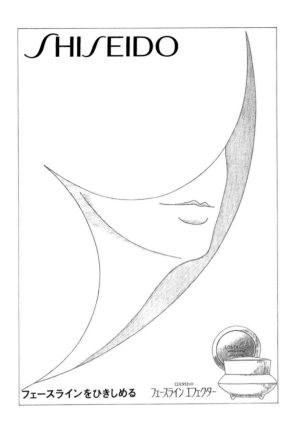

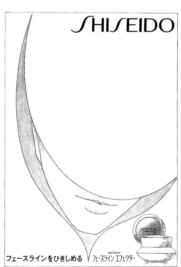

护肤品 "LOSTALOT" 的宣传海报

1996年资生堂开发了一种针对性很强的护肤品 "LOSTALOT"，这种新开发的护肤品的主要功能是可以使女性下颌部分的皮肤收紧。于是，山形季央考虑了直截了当突出下颌的表现手法，并极力强调被突出表现的下颌部的有雕塑感的曲线美。摄影师还是山形季央的老搭档上田义彦，是在强烈的日光照射下利用外光条件拍摄的。画面中的模特是加拿大籍的中英混血儿。

她下颌部的骨骼不但结实而且曲线优美，画面上虽然没有出现全部的脸，但据山形季央说，她还有一双又大又动人的眼睛。

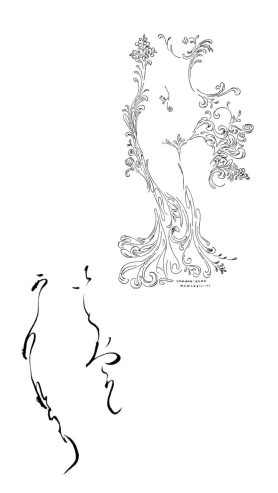

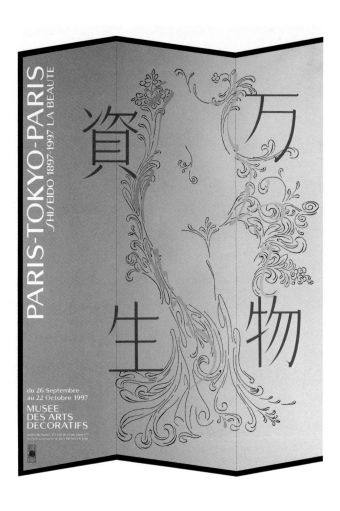

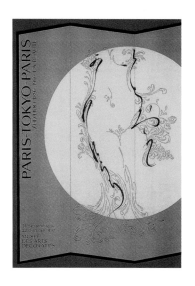

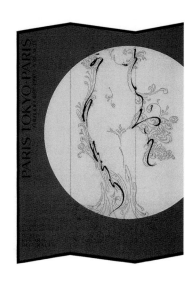

资生堂巴黎展 "PARIS-TOKYO-PARIS" 的宣传海报

1997年，受巴黎装饰美术馆的邀请，资生堂赴法举办了资生堂化妆品历史回顾展。山形季央是展览会总艺术指导，并亲自设计制作了海报和展览会图录。山形季央通过这张海报想要表达的是"资生堂风格就是日本式和法国式的混合"这一点。早期资生堂风格其实就是20世纪法国新艺术派的日文版，后来由设计家山名文夫结合了日本的传统美意识后终于开创了一代沿用至今的资生堂风格。山形季央把典型的法式纹样和典型的日本假名文字重叠，并衬以日本特有的金屏风、淋漓尽致地介绍了"资生堂风格"的所有涵义。海报是用丝网印刷手工制作的。

展览会"GRAPHIC WAVE 1996"图录的书装设计

1996年，山形季央接到了参加由田中一光策划，银座设计画廊举办的"GRAPHIC WAVE 1996"三人展的邀请。参展的三名设计师分别负责一项设计工作，山形季央负责展览图录的书装设计，青木克宪负责海报设计，佐藤卓负责展场设计。图录是软精装本，在封面上，山形季央使用了展览会所在地东京银座的老街镀锌铁板围墙的照片，使人感到有一种历史感，

重叠着的有机曲线则充满了现代的气息。山形季央说老围墙的灰表现了沉着，活泼线条的红色表现了参加三人的能量，采用的是对比的表现手法。

LIST OF WORKS & CAREER

LIST OF WORKS

P43 海报「GLOBAL MARKETING CONFERENCE」 1993年 (w728×h1030mm)
企业广告宣传海报/cl. 资生堂

P44 杂志广告「SHISEIDO BASALA」 1993年 (w452×h297mm)
男性化妆品的杂志广告/cd. 田中宽志 d. 工藤青石 ph. JAVIER VALLHONRAT cl. 资生堂

P45 海报「SHISEIDO BASALA」 1993年 (w728×h1030mm)
男性化妆品的杂志广告/cd. 田中宽志 d. 工藤青石 ph. JAVIER VALLHONRAT cl. 资生堂

P46 杂志广告「BIO-PERFORMANCE」 1994年 (w452×h297mm)
化妆品的杂志广告/cd. 田中宽志 d. 中村由比朗 ph. PIERO GEMELLI cl. 资生堂

P47 海报「BIO-PERFORMANCE」 1994年 (w728×h1030mm)
化妆品的宣传海报/cd. 田中宽志 d. 中村由比朗 ph. PIERO GEMELLI cl. 资生堂

P48 杂志广告「PURENESS」 1994年 (w452×h297mm)
化妆品的杂志广告/cd. 田中宽志 d. 山田尊康 ph. MARK LAITA cl.资生堂

P49 海报「PURENESS」 1994年 (w728×h1030mm)
化妆品的宣传海报/cd. 田中宽志 d. 山田尊康 ph. MARK LAITA cl. 资生堂

P50 海报 山海塾「SHIJIMA」 1994年 (w728×h1030mm)
舞蹈表演会的海报/ph. 上田义彦 mo. 天儿牛大 cl. 山海塾

P51 海报 山海塾「JOMONSHO」 1994年 (w728×h1030mm)
舞蹈表演会的海报/ph. 上田义彦 mo. 天儿牛大 cl. 山海塾

P52 海报 山海塾「YURAGI」 1994年 (w728×h1030mm)
舞蹈表演会的海报/ph. 上田义彦 mo. 天儿牛大 cl. 山海塾

P53 海报 山海塾「OMOTE」 1994年 (w728×h1030mm)
舞蹈表演会的海报/ph. 上田义彦 mo. 天儿牛大 cl. 山海塾

P54 海报 山海塾「UNETSU」 1994年 (w728×h1030mm)
舞蹈表演会的海报/ph. 上田义彦 mo. 天儿牛大 cl. 山海塾

P55 书装设计 西垣通「丽人传说」 1994年 (w150×h215mm)
散文集的书装设计/ph. SERGE LUTENS cl. LIBROPORT

P56 海报「ART & SCIENCE」 1994年 (w728×h1030mm)
企业广告宣传海报/ph. 中村成一 cl. 资生堂

P57 海报「ART & SCIENCE」 1994年 (w728×h1030mm)
企业广告宣传海报/ph. 中村成一 cl. 资生堂

P58 书装设计「AMAGATSU」 1995年 (w275×h360mm)
个人摄影作品集的书装设计/ph. 上田义彦 cl. 光琳社出版

P59 书装设计「AMAGATSU」 1995年 (w275×h360mm)
个人摄影作品集的书装设计/ph. 上田义彦 cl. 光琳社出版

P60 海报「ART & SCIENCE」 1995年 (w728×h1030mm)
企业广告宣传海报/c. 土屋耕一 ph. 秋山实、中村成一 cl. 资生堂

P61 海报「ART & SCIENCE」 1995年 (w728×h1030mm)
企业广告宣传海报/c. 土屋耕一 ph. 秋山实、中村成一 cl. 资生堂

P62 海报「ART & SCIENCE」 1995年 (w728×h1030mm)
企业广告宣传海报/c. 土屋耕一 ph. 秋山实、中村成一 cl. 资生堂

P63 海报「SUNCARE」 1996年 (w728×h1030mm)
化妆品的海报/d. ADLAI STOCK ph. SCOT MORGAN cl. 资生堂

P64 杂志广告「BENEFIANCE」 1996年 (w452×h297mm)
化妆品的杂志广告/ph. 上田义彦 cl. 资生堂

P65 海报「BENEFIANCE」 1996年 (w728×h1030mm)
化妆品的宣传海报/ph. 上田义彦 cl. 资生堂

P66 海报「山海塾」 1996年 (w728×h1030mm)
舞蹈表演会的海报/ph. 上田义彦 mo. 天儿牛大 cl. GINZA SAISON THEA TRE

P67 海报「山海塾」 1996年 (w728×h1030mm)
舞蹈表演会的海报/ph. 上田义彦 mo. 天儿牛大 cl. 山海塾

P68 书装设计「GRAPHIC WAVE 1996」 1996年 (w128×h182mm)
展览会图录的书装设计/cd. 田中一光 cl. GINZA GRAPHIC GALLERY

P69　海报「GRAPHIC WAVE 1996」　1996年（w728×h1030mm）
　　　展览会海报/ph. 上田义彦　cl. GINZA GRAPHIC GALLERY

P70　海报「GRAPHIC WAVE 1996」　1996年（w728×h1030mm）
　　　展览会海报/ph. 上田义彦　cl. 山形季央

P71　海报「GRAPHIC WAVE 1996」　1996年（w728×h1030mm）
　　　展览会海报/ph. 上田义彦　cl. 山形季央

P72　海报「GRAPHIC WAVE 1996」　1996年（w1030×h1456mm）
　　　展览会海报/ph. 上田义彦　cl. 山形季央

P73　海报「GRAPHIC WAVE 1996」　1996年（w1030×h1456mm）
　　　展览会海报/ph. 上田义彦　cl. 山形季央

P74　海报「GRAPHIC WAVE 1996」　1996年（w728×h1030mm）
　　　展览会海报/ph. 上田义彦　mo. 天儿牛大　cl. 山形季央

P75　海报「GRAPHIC WAVE 1996」　1996年（w728×h1030mm）
　　　展览会海报/ph. 上田义彦　mo. 天儿牛大　cl. 山形季央

P76　海报「GRAPHIC WAVE 1996」　1996年（w728×h1030mm）
　　　展览会海报/ph. 上田义彦　mo. 天儿牛大　cl. 山形季央

P77　海报「GRAPHIC WAVE 1996」　1996年（w728×h1030mm）
　　　展览会海报/ph. 上田义彦　mo. 天儿牛大　cl. 山形季央

P78　海报「GRAPHIC WAVE 1996」　1996年（w728×h1030mm）
　　　展览会海报/ph. 上田义彦　mo. 天儿牛大　cl. 山形季央

P79　海报「GRAPHIC WAVE 1996」　1996年（w728×h1030mm）
　　　展览会海报/ph. 上田义彦　mo. 天儿牛大　cl. 山形季央

P80　杂志广告「LOSTALOT」　1996年（w470×h297mm）
　　　化妆品的杂志广告/cd. 佐藤芳文　c. 山本邦晶　ph. 上田义彦　cl. 资生堂

P81　海报「LOSTALOT」　1996年（w728×h1030mm）
　　　化妆品的宣传海报/cd. 佐藤芳文　c. 山本邦晶　ph. 上田义彦　cl. 资生堂

P82　书装设计「MICHIKO KON」　1997年（w285×h360mm）
　　　个人摄影作品集的书装设计/ph. 今道子　cl. 光琳社出版

P83　书装设计「MICHIKO KON」　1997年（w285×h360mm）
　　　个人摄影作品集的书装设计/ph. 今道子　cl. 光琳社出版

P84　海报「MICHIKO KON」　1997年（w728×h1030mm）
　　　图书促销用海报图/ph. 今道子　cl. 光琳社出版

P85　海报「MICHIKO KON」　1997年（w728×h1030mm）
　　　图书促销用海报图/ph. 今道子　cl. 光琳社出版

P86　书装设计「MODERN ENCYCLOPEDIA OF FISH」　1997年（w220×h300mm）
　　　图书促销用海报图/d. 坂哲二　cl. NTS

P87　海报「亚细亚散步」　1997年（w728×h1030mm）
　　　展览会海报/cl. SHISEIDO GALLERY

P88　海报「亚细亚散步」　1997年（w728×h1030mm）
　　　展览会海报/cl. SHISEIDO GALLERY

P89　海报「亚细亚散步」　1997年（w728×h1030mm）
　　　展览会海报/cl. SHISEICO GALLERY

P90　书装设计「亚细亚散步」　1997年（w175×h257mm）
　　　展览会图录的书装设计/cl. SHISEIDO GALLERY

P91　书装设计「亚细亚散步」　1997年（w175×h257mm）
　　　展览会图录的书装设计/cl. SHISEIDO GALLERY

P92　杂志广告「EUDERMINE」　1997年（w1130×h297mm）
　　　化妆品的杂志广告/cd. SERGE LUTENS　c. 吉田圣子　d. 山田尊康　ph. 中村成一　cl. 资生堂

P93　海报「EUDERMINE」　1997年（w728×h1030mm）
　　　化妆品的宣传海报/cd. SERGE LUTENS　c. 吉田圣子　d. 山田尊康　ph. 中村成一　cl. 资生堂

P94　宣传单「EUDERMINE」　1997年（w60×h190mm）
　　　化妆品的宣传单/c. 吉田圣子　d. 酒井理绘　cl. 资生堂

P95　报纸广告「EUDERMINE」　1997年　(w380×h510mm)
化妆品的报纸广告/ c. 吉田圣子　d. 酒井理绘　ph. 中村成一　cl. 资生堂

P96　书装设计「JAGDA年鉴1997」　1997年　(w195×h260mm)
设计年鉴的书装设计/cd. 松永真　cl. JAPAN GRAPHIC DESIGNERS ASSOCITATION

P97　书装设计「JAGDA年鉴1997」　1997年　(w195×h260mm)
设计年鉴的书装设计/cd. 松永真　cl. JAPAN GRAPHIC DESIGNERS ASSOCITATION

P98　杂志广告「ACTEAHEART」　1997年　(w470×h297mm)
化妆品的杂志广告/cd. 佐藤芳文　c. 岩崎俊一、钟江哲明　d. 竹内祥记　ph. 上田义彦　cl. 资生堂

P99　海报「ACTEAHEART」　1997年　(w728×h1030mm)
化妆品的宣传海报/cd. 佐藤芳文　c. 岩崎俊一、钟江哲明　d. 竹内祥记　ph. 上田义彦　cl. 资生堂

P100　海报「PARIS-TOKYO-PARIS」　1997年　(w728×h1030mm)
展览会海报/il. 山名文夫　cl. 资生堂

P101　空间设计「SHISEIDO THE MEME EXPOSITION」　1998年　(w7240×h7820mm)
展览会场入口的空间设计/d. 林美代子、酒井理绘　cl. 资生堂

P102　报纸广告「SHISEIDO THE MEME EXPOSITION」　1998年　(w380×h510mm)
展览会的报纸广告/c. 钟江哲明　d. 酒井理绘　cl. 资生堂

P103　海报「SHISEIDO THE MEME EXPOSITION」　1998年　(w728×h1030mm)
展览会海报/c. 钟江哲明　d. 酒井理绘　il. 矢部季　cl. 资生堂

P104　书装设计「SHISEIDO THE MEME EXPOSITION」　1998年　(w215×h285mm)
展览会图录的书装设计/d. 酒井理绘、清水恭子　cl. 资生堂

P105　海报「SHISEIDOING」　1998年　(w728×h1030mm)
化妆品的宣传海报/cd. 太田雅雄　c. 钟江哲郎　cl. 资生堂

P106　海报「EUDERMINE」　1998年　(w728×h1030mm)
化妆品的宣传海报/cd. 吉田圣子　ph. 中村成一　cl. 资生堂

P107　海报「EUDERMINE」　1998年　(w728×h1030mm)
化妆品的宣传海报/cd. 吉田圣子　ph. 中村成一　cl. 资生堂

P108　海报「EUDERMINE」　1998年　(w728×h1030mm)
化妆品的宣传海报/cd. 吉田圣子　ph. 中村成一　cl. 资生堂

P109　海报「EUDERMINE」　1998年　(w728×h1030mm)
化妆品的宣传海报/cd. 吉田圣子　ph. 中村成一　cl. 资生堂

P110　杂志广告「LOSTALOT」　1998年　(w470×h297mm)
化妆品的宣传海报/c. 山本邦晶　ph. 上田义彦　cl. 资生堂

P111　杂志广告「LOSTALOT」　1999年　(w470×h297mm)
化妆品的宣传海报/c. 山本邦晶　d. 中村德男　ph. 上田义彦　cl. 资生堂

P112　海报「EUDERMINE」　1999年　(w728×h1030mm)
化妆品的宣传海报/c. 吉田圣子　d. 山田尊康　ph. 中村成一　cl. 资生堂

P113　海报「EUDERMINE」　1999年　(w728×h1030mm)
化妆品的宣传海报/c. 吉田圣子　d. 山田尊康　ph. 中村成一　cl. 资生堂

P114　杂志广告「EUDERMINE」　1999年　(w470×h297mm)
化妆品的杂志广告/c. 吉田圣子　d. 山田尊康　ph. 中村成一　cl. 资生堂

P115　海报 山海塾「HIBIKI」　1999年　(w728×h1030mm)
舞蹈表演会的海报/ph. BIRGIT　cl. 山海塾

P116　杂志广告「IPSA」　1999年　(w470×h297mm)
高级化妆品的杂志广告/c. 小幡观　d. 山田尊康　ph. FRANCIS GIACOBETTI、MARK LAIAT　cl. IPSA

P117　海报「IPSA」　1999年　(w728×h1030mm)
高级化妆品的宣传海报/c. 小幡观　d. 山田尊康　ph. FRANCIS GIACOBETTI　cl. IPSA

List of Works

P94　Pamphlet "Eudermine"

　　　PR pamphlet for skincare cosmetics / c. Shoko Yoshida　d. Rie Sakai　cl. Shiseido

P95　Newspaper advertising "Eudermine"

　　　Newspaper advertising for skincare cosmetics / c. Shoko Yoshida　d. Rie Sakai　ph. Seiichi Nakamura　cl. Shiseido

P96　Book design for "JAGDA Almanac 1997"

　　　Book design for almanac / cd. Shin Matsunaga　cl. Japan Graphic Designers Association

P97　Book design for "JAGDA Almanac 1997"

　　　Book design for almanac / cd. Shin Matsunaga　cl. Japan Graphic Designers Association

P98　Magazine advertising "Acteaheart"

　　　Magazine advertising for skincare cosmetics / cd. Yoshifumi Sato　c. Shunichi Iwasaki, Tetsuro Kanegae
　　　d. Yoshiki Takeuchi　ph. Yoshihiko Ueda　cl. Shiseido

P99　Poster "Acteaheart"

　　　Poster for skincare cosmetics / cd. Yoshifumi Sato　c. Shunichi Iwasaki, Tetsuro Kanegae　d. Yoshiki Takeuchi
　　　ph. Yoshihiko Ueda　cl. Shiseido

P100　Poster "Paris-Tokyo-Paris"

　　　Poster for exhibition / il. Ayao Yamana　cl. Shiseido

P101　Facade design "Shiseido the Meme Exposition"

　　　Design of exhibition hall entrance / d. Miyoko Hayashi, Rie Sakai　cl. Shiseido

P102　Newspaper advertising "Shiseido the Meme Exposition"

　　　Newspaper advertising for exhibition / c. Tetsuro Kanegae　d. Rie Sakai　cl. Shiseido

P103　Poster "Shiseido the Meme Exposition"

　　　Poster for exhibition / c. Tetsuro Kanegae　d. Rie Sakai　il. Sue Yabe　cl. Shiseido

P104　Book design for "Shiseido the Meme Exposition"

　　　Book design for exhibition / d. Rie Sakai, Kyoko Shimizu　cl. Shiseido

P105　Poster "SHISEIDOING"

　　　Corporate advertising poster / cd. Masao Ota　c. Tetsuro Kanegae　cl. Shiseido

P106　Poster "Eudermine"

　　　Poster for skincare cosmetics / c. Shoko Yoshida　ph. Seiichi Nakamura　cl. Shiseido

P107　Poster "Eudermine"

　　　Poster for skincare cosmetics / c. Shoko Yoshida　ph. Seiichi Nakamura　cl. Shiseido

P108　Poster "Eudermine"

　　　Poster for skincare cosmetics / c. Shoko Yoshida　ph. Seiichi Nakamura　cl. Shiseido

P109　Poster "Eudermine"

　　　Poster for skincare cosmetics / c. Shoko Yoshida　ph. Seiichi Nakamura　cl. Shiseido

P110　Magazine advertising "Lostalot"

　　　Magazine advertising for skincare cosmetics / c. Kuniaki Yamamoto　ph. Yoshihiko Ueda　cl. Shiseido

P111　Magazine advertising "Lostalot"

　　　Magazine advertising for skincare cosmetics / c. Kuniaki Yamamoto　d. Norio Nakamura　ph. Yoshihiko Ueda
　　　cl. Shiseido

P112　Poster "Eudermine"

　　　Poster for skincare cosmetics / c. Shoko Yoshida　d. Takayasu Yamada　ph. Seiichi Nakamura　cl. Shiseido

P113　Poster "Eudermine"

　　　Poster for skincare cosmetics / c. Shoko Yoshida　d. Takayasu Yamada　ph. Seiichi Nakamura　cl. Shiseido

P114　Magazine advertising "Eudermine"

　　　Magazine advertising for skincare cosmetics / c. Shoko Yoshida　d. Takayasu Yamada　ph. Seiichi Nakamura
　　　cl. Shiseido

P115　Poster Sankaijuku "Hibiki"

　　　Poster for performance by dance company / ph. Birgit　cl. Sankaijuku

P116　Magazine advertising "Ipsa"

　　　Magazine advertising for cosmetics brand / c. Kan Obata　d. Takayasu Yamada　ph. Francis Giacobetti, Mark Laita
　　　cl. Ipsa

P117　Poster "Ipsa"

　　　Poster for cosmetics brand / c. Kan Obata　d. Takayasu Yamada　ph. Francis Giacobetti　cl. Ipsa

PROFESSIONAL CAREER

1953年
　2月25日出生于大阪。

1976年
毕业于大阪艺术大学艺术学部设计专业
进入资生堂宣传部。

1976年～1981年
正式以平面设计师的身份出现于各类广告竞赛，这个时期的主要工作是橱窗展示设计。

1982年～1986年
成为资生堂宣传部的巴黎特派员和SERGE LUTENS共展。

1986年～1991年
参加IPSA、WHITESS、INOUI等的广告制作FEMINETE DU BOIS等资生堂海外用PRODUCT·BRAND的广告制作。
山海塾的公演海报制作。
制作PARCO CLIFFORD GALLERY等海报。

1986年
海报 "IPSA" 入选THE INTERNATIONAL POSTER TRIENNIAL IN TOYAMA。
IPSA宣传单设计获 NEW YORK ART DIRECTORS CLUB AWARD铜奖
美蕾树「若山和央展」的宣传物制作。

1992年～1996年
SHISEIDO BASALA、VITAL PERFECTION、BENEFIANCE、BIO-PEREFORMANCE、PURENESS等海外专用PRODUCT。

1993年
BRAND的广告制作企业广告海报等的制作。
开发SHISEIDO英文字体。以后成为资生堂的广告专用字体被使用至今。

1994年
田原桂摄影集「SHAPES AND SHADES OF KANAZAWA」(高桑美术

印刷获TOKYO ART DERECTORS CLUB AWARD授奖。)
西垣通「丽人传说」(LIBROPORT)制作。

1995年
上田义彦摄影集「AMAGATSU」(光琳社出版)获
TOKYO ART DIRECTORS CLUB AWARD授奖
「SHAPES AND SHADES OF KANAZAWA」获NEW YORK ART DIRECTORS CLUB AWARD铜奖。
参加JAGDA和平与环境海报展「HIROSHIMANAGASAKI 50」

1996年～1999年
EUDERMINE、LOSTALOT、ACTEAHEART、ELIXIR、VOCALISE等资生堂PRODUT。
BRAND的广告制作(平面设计及媒体宣传)等，企业宣传广告、挂历等的制作还有IPSA的广告制作、包装设计和展示设计等。

1996年
BENEFIANCE的宣传单设计获FCC东京AD赏金奖。
BENEFIANCE的电视节目制作获NEW YORK FESTIVAL铜赏授奖。
「AMAGATSU」获NEW YORK ART DIRECTORS CLUB AWARD金奖。平面设计部门全场最高奖。
山海塾的表演会海报获NEW YORK ART DIRECTORS CLOB AWARD铜奖。
山海塾的表演会海报获INTERNATIONAL BIENNIAL OF THE POSTER IN MEXICO奖。
「AMAGATSU」入德国的设计杂志HIGH QUALITY MAGAZINE的『THE BEST OF THE BEST』。
GINZA GRAPHIC GALLERY举办山形季央·青木克宪·佐藤卓3人展「GRAPHIC WAVE 1996」。
作品集出版。

1997年
担任在巴黎装饰美术馆举办的资生堂企业文化展「PARIS-TOKYO-PARIS」的艺术指导。
资生堂艺廊「亚细亚散步」图录书装设计。

今道子摄影集「MICHIKO KON」(光琳社出版)的书装设计。

JAGDA年鉴1997(JAPAN GRAPHIC DESIGNERS ASSOCIATION)的书装设计。

「MODERN ENCYCLOPEDIA OF FISH」(NTS)的书装设计。

资生堂企业广告宣传海报 "ART&SCIENCE" 获THE IN TERNA TZONAL POSTER TRIENNIAL IN TOYAMA奖。

EUDERMINE的海报、报纸广告、杂志广告、电视广告获TOKYO TYPEDIRECTORS CLUB AWARD奖。

LOSTALOT的杂志广告获讲谈社广告奖金奖。

山海塾的表演会海报THE INTERNATIONAL POSTER TRIENNIAL IN TOYAMA奖。

JAGDA年鉴1997获TOKYO TYPEDIRECTORS CLUB AWARD奖。

山海塾的表演会海报参加TOKYO STATION GALLER「Advertising Art History Ⅱ 1991-1995」展。

参加JAGDA和平与环境的海报展「世界遗产」。

1998年

出任OLIBEHALL「SHISEIDO THE MEME EXPOSITION」的艺术指导。

「SHISEIDO THE MEME EXPOSITION」获每日设计奖特别奖。

EUDERMINE的海报获TOKYO ART DIRECTORS CLUB AWARD奖。

EUDERMINE的杂志广告的TOKYO ART DIRECTORS CLUB AWARD锋奖。

EUDERMINE的海报、报纸广告、杂志广告、电视广告获 TOKYO TYPEDIRECTORS CLUB AWARD奖。

EUDERMINE的广告获 全日本DM大奖 · 邮政大臣赏奖。

EUDERMINE获报纸广告的电通奖作品奖。

EUDERMINE获报纸广告的朝日广告奖。

EUDERMINE的广告杂志获日本杂志广告奖银奖。

ELIXIR的IVCM报纸广告、杂志广告获富士产经广告大奖赛综合媒体金奖。

ELIXIR的报纸广告获富士产经广告大奖赛报刊部分铜奖。

EUDERMINE的宣传单设计NEW YORK ART DIRECTORS CLUB AWARD铜奖。

「MICHIKO KON」获NEW YORK ART DIRECTORS CLUB AWARD铜奖。

山海塾的表演会海报获BRNO INTERNATIONAL BIENNALE OF GRAPHIC DESIGN奖。

山海塾表演会海报获SOFIA INTERNATIONAL TRIENNAL OF STAGE POSTER获。

在东京艺术大学举办讲演会。

1999年

「SHISEIDO THE MEME EXPOSITION」的海报获广告电通奖作品奖。

ELIXIR获讲谈社广告奖银奖。

参加W CLOCK GALLERY「OHAKO展」。

所属团体

TOKYO ART DERECTORS CLUB会员。

TOKYO TYPEDIRECTORS CLUB会员。

JAPAN GRAPHIC DESIGNERS ASSOCIATION会员。

JAGDA出版委员会委员

JAGDA的未来设想委员会委员

主要论文

《有效果的平面设计》

《创意》杂志(编集部、诚文堂新光社)

《上田义彦广告摄影》

(Commercial Photo Series、玄光社)

《著名设计师对谈、田中一光vs山形季央》

(Digital Design & Publishing Information 15号、Mainichi Communications)

《青山设计会议、广告主的意识问题》

(Brain、1999年10月号、宣传会议)

Professional Career

1953
* Born in Osaka on February 25.

1976
* Graduated from Osaka University of Arts.
* Joined the advertising department of Shiseido Co., Ltd.

1976-81
* Participated in seasonal campaign as graphic designer. Also, involved in window display design.

1981
* Awarded The Display Design Prize for the window display "Light & Parasol".

1982-1986
* Stationed in Paris as representative of advertising department. Collaborated with Mr. Serge Lutens.

1986-91
* Engaged in advertising creation for Ipsa, Whitess, Inoui, etc. as well as Shiseido's product lines for foreign markets, including Feminite du Bois.
* Designed poster for performance by the dance company Sankaijuku.
* Designed various posters including poster for Parco Clifford Gallery.

1986
* Awarded at The International Poster Triennial in Toyama for Ipsa poster.
* Ipsa pamphlet received New York Art Directors Club Award Bronze Prize.
* Graphic creation for "Kazuo Wakayama Exhibition" at Mirage.

1992-96
* Created various corporate advertising posters, in addition to advertising creation for Shiseido's product lines for foreign markets, including Shiseido Basala, Vital Perfection, Benefiance, Bio-Performance and Pureness.

1993
* Developed Shiseido's alphabetical fonts, which have been used in Shiseido advertisings since then.

1994
* Granted Tokyo Art Directors Club Award for design of Keiichi Tahara's photo book "Shapes and Shades of Kanazawa".

* Designed the book "A Myth of the Bells" (Libroport) by Toru Nishigaki.

1995
* Granted Tokyo Art Derectors Club Award for design of Yoshihiko Ueda's photo book "AMAGATSU".
* Received New York Art Derectors Club Award Bronze Prize for "Shapes and Shades of Kanazawa".
* Participated in "Hiroshima-Nagasaki 50", exhibition by JAGDA.

1996-99
* Created various corporate advertisings and calendars, including advertising creation for Shiseido's product lines as Eudermine, Lostalot, Acteaheart, Elixir, Vocalise, etc. Advertising creation and direction of package design for Ipsa as well as direction in shop design.

1996
* Granted Tokyo Ad Award Gold Prize for "Benefiance" pamphlet.
* Granted New York Festival Bronze Prize for "Benefiance" video.
* Received New York Art Directors Club Award Gold Prize for "AMAGATSU". Nominated for supreme award in the field of graphic design.
* Received New York Art Directors Club Award Bronze Prize for poster for performance by the dance company Sankaijuku.
* Awarded in the International Biennial of the Poster in Mexico for Sankaijuku poster.
* "Amagatsu" is chosen for The Best of The Best featured by High Quality Magazine (German magazine).
* Three-man show entitled "Graphic Wave 1996" by Toshio Yamagata, Katsunori Aoki and Taku Sato held at Ginza Graphic Gallery.

1997
* Art direction for "Paris-Tokyo-Paris", Shiseido Corporate Culture Exhibition at Musee des Arts Decoratifs in Paris.
* Designed the book "Promenade in Asia" held at Shiseido Gallery.
* Designed Michiko Kon's photo book "Michiko Kon".

* Designed "JAGDA Almanac 1997" (Japan Graphic Designers Association).
* Designed "Modern Encyclopedia of Fish" (NTS)
* Awarded at The International Poster Triennial in Toyama for Shiseido corporate advertising poster "Art & Science".
* Received Tokyo Typedirectors Club for poster, newspaper advertising and video for "Eudermine".
* Received Asahi Advertising Award for newspaper advertising for "Eudermine".
* Received Kodansha Advertising Award Gold Prize for magazine advertising for "Lostalot".
* Awarded at The International Poster Triennial in Toyama for poster for performance by the dance company Sankaijuku.
* Awarded at Tokyo Typedirectors Club Award for JAGDA Almanac 1997.
* Participated in "Advertising Art History II 1991-1995" with poster for performance by the dance company Sankaijuku.
* Participated in "The World Hertage", exhibition by JAGDA.
1998
* Art direction for "Shiseido the Meme Exposition"held at Oribehall.
* Received Mainichi Design Award Special Prize for "Shiseido the Meme Exposition".
* Granted Tokyo Art Directors Club Award for design of poster "Eudermine."
* Granted Tokyo Art Directors Club Award for design of magazine advertising "Eudermine".
* Awarded at Tokyo Typedirectors Award for poster, newspaper advertising, magazine advertising and video for "Eudermine".
* Received All Japan Direct Mail Grand Prix and Minister of Posts Award for "Eudermine" direct mail.
* Received Dentsu Project Award for newspaper advertising for "Eudermine".
* Received Japan Magazine Advertising Award Silver Prize for magazine advertising for "Eudermine".
* Received Asahi Advertising Award for newspaper advertising "Elixir".

* Received Fuji Sankei Group Advertising Grand Prix Media Mix Award for TV commercial, newspaper advertising and magazine advertising of "Elixir".
* Received Fuji Sankei Group Advertising Grand Prix Newspaper Division Bronze Prize for newspaper advertising "Elixir".
* Received New York Art Directors Club Award Bronze Prize for pamphlet "Eudermine".
* Received New York Art Directors Club Award Bronze Prize for "Michiko Kon".
* Awarded at Brno International Biennale of Graphic Design for poster for performance by dance company Sankaijuku.
* Awarded at Sofia International Triennial of Stage Poster for poster for performance by dance company Sankaijuku.
* Gives lecture at Tokyo National University of Fine Arts.
1999
* Received Dentsu Project Award for poster for "Shiseido the Meme Exposition".
* Received Kodansha Advertising Award Silver Prize for "Elixir".
* Participated in "Ohako Exhibition" at W Clock Gallery.

Memberships
* Tokyo Art Directors Club member
* Tokyo Typedirectors Club member
* Japan Graphic Designers Association member
* JAGDA Publishing Committee member
* "Gathering Considering Future of JAGDA" member

Major Articles
* Effective Graphic Design (Idea Editorial Division, Seibundo Shinkosha)
* Yoshihiko Ueda Advertising Photo Book (Commercial Photo Series, Genkosha)
* Talk between Superdesigners: Ikko Takana vs. Toshio Yamagata (Digital Design & Publishing Information, Vol. 15, Mainichi Communications)
* Aoyama Design Conference; Creators' Awareness of Problems (Brain, October 1999 issue, Senden Kaigi)

ph. MINAMOTO TADAYUKI

视觉语言丛书·新世代平面设计家

书　　名：　山形季央的设计世界

策　　划：　郑晓颖

主　　编：　朱锷

设计制作：　朱锷设计事务所

　　　　　　日本国神奈川县横滨市户塚区矢部町941

　　　　　　ARUBERUBIBUI 101

　　　　　　(北京)朱锷设计事务所

　　　　　　北京市海淀区万寿路甲1号恩济花园17幢D座501、502室

　　　　　　FAX: 0086-10-88127047

　　　　　　E-mail: zhuestudio@sina.com

责任编辑：　姚震西　白　桦

出　　版：　广西美术出版社

发　　行：　广西美术出版社发行部

社　　址：　广西南宁市望园路9号(530022)

经　　销：　全国新华书店

印　　制：　深圳雅昌彩色印刷有限公司

开　　本：　635 mm × 965 mm 1/8

印　　张：　18

版　　次：　2000年8月第1版

印　　次：　2000年8月第1次印刷

书　　号：　ISBN 7-80625-858-2/J·721

定　　价：　90.00元